Mal secreto

Labrador

THIAGO PRADO

Mal secreto

© Thiago Prado, 2023
Todos os direitos desta edição reservados à Editora Labrador.

Coordenação editorial Pamela Oliveira
Assistência editorial Leticia Oliveira, Jaqueline Corrêa
Projeto gráfico, diagramação e capa Amanda Chagas
Preparação de texto Bráulio Fernandes Júnior
Revisão Vinícius E. Russi
Imagem de capa "Mal Secreto", Thiago Prado

Dados Internacionais de Catalogação na Publicação (CIP)
Jéssica de Oliveira Molinari - CRB-8/9852

Prado, Thiago
  Mal secreto.
  São Paulo : Labrador, 2023.
  208p.

  ISBN 978-65-5625-429-6

  1. Ficção brasileira 2. Ficção biográfica I. Título

23-4720   CDD B869.3

Índice para catálogo sistemático:
1. Ficção brasileira

Labrador
Diretor geral Daniel Pinsky
Rua Dr. José Elias, 520, sala 1
Alto da Lapa | 05083-030 | São Paulo | SP
contato@editoralabrador.com.br | (11) 3641-7446
editoralabrador.com.br

A reprodução de qualquer parte desta obra é ilegal e configura uma apropriação indevida dos direitos intelectuais e patrimoniais do autor. A editora não é responsável pelo conteúdo deste livro. O autor conhece os fatos narrados, pelos quais é responsável, assim como se responsabiliza pelos juízos emitidos.

Dedicado a um leitor imaginário
Compartilho para que as palavras no silêncio
vivam como plantas em algum subsolo.

Diário sem nome

e sem hashtags

SÃO SEBASTIÃO DO RIO DE JANEIRO, 4 DE NOVEMBRO DE 2022

Hoje eu corri. Não foi ainda do Leme ao Pontal.

Há pouco descobri que a corrida foi ontem, e não hoje, mero detalhe que pode significar alguma coisa.

Ultrapassei (palavra clichê, antecipada pelo contexto) barreiras da pista em interdição. Aquela que caiu quando recém-inaugurada em um verão, quando por acaso eu estava aqui.

Entre as vítimas, um engenheiro pai de família e outras pessoas de que não me lembro como descrever. Provavelmente, algum turista estrangeiro. Pessoas.

— Olha o ônibus-coxinha! Pequenininho igual uma coxinha — gritou entusiasmado um garoto negro sentado num ponto de ônibus na Nossa Senhora de Copacabana, com chapéu de alguma fantasia que não reconheci. Ainda chego a essa parte do caminho.

Voltando para a pista: fui até onde ela acaba. Um abismo.

Um senhorzinho empurrava sua bicicleta com destreza e seguia, entre um buraco e um cano, rumo à pista.

Olhei e lembrei que nunca fui um bom moleque de rua. Passei a infância em frente à TV, alternando entre desenhos, apresentadoras de minissaia, *RJTV* (era apaixonado pela futura esposa do Eduardo Cunha), almoço durante o *Esporte Espetacular* (hora do tédio), *Jornal Hoje*, *Vídeo Show*, *Vale a Pena Ver de Novo*, *Sessão da Tarde*... e assim seguia até a novela das oito, já animado com a programação da *Tela Quente* ou do *Super Cine*.

Voltei um pouco, medi os riscos e ultrapassei a rede de proteção. Enquanto andava na mureta da estrada, meu fone de ouvido bateu num poste e despencou. Um pescador o apanhou, e corri descendo até a praia para pegá-lo com ele, que foi tão gentil.

— Lembra do "Fala com a Márcia?" — pergunta uma senhora negra, complementando que Bolsonaro está morrendo de medo. E enfatiza — É agora que a gente vai descobrir as falcatruas.

A portenha que conversa com ela diz:

— Ela (Michele) primeiro foi traficante.

Conversas de ônibus. Há quanto tempo que eu não tinha acesso a esse caldo cultural... Mas a que custo?

Será que posso ser esperançoso e afirmar que a política está na boca do povo? Não que haja problema em fazer fofoca e acompanhar novela. Precisamos continuar sendo gente. Sem esquecer que gente é política.

Ah, você quer que eu volte mesmo para a realidade de um morador da Zona Sul que corre mais de 10 km pela orla da praia? Parei na praia do Pepino em São Conrado e retornei até o Fashion Mall para ir ao banheiro antes que cagasse nas calças.

Depois de lavar a mão cinquenta mil vezes e tirar o suor do rosto, entrei numa padaria chique para o café da manhã pós--treino. Em casa, só havia comido cereais e aquele iogurte, dizem, cheio de proteína. Aceitei a recomendação do simpático garçom e pedi um sanduíche da casa com salmão e o suco verde que eu adoro. Delicioso! Paguei sem olhar o quanto, e, para minha surpresa, o rapaz no caixa me perguntou:

— Você votou?

— Claro! — respondi.

Falamos tanto, não sem sermos interrompidos algumas vezes, que já estávamos discutindo o imperialismo estadunidense e seu impacto sobre o desenvolvimento da América Latina. Respondi por fim à sua pergunta (óbvio que votei no Lula). Nos despedimos como dois cidadãos. E eu fui pegar o 539 no ponto final ali pertinho.

Veio logo. Subimos a Rocinha, vi crianças de uns doze, treze anos lutando para subir num micro-ônibus abarrotado. Pela hora, voltavam mais cedo da escola.

Será por isso que me vejo tão distante das crianças da minha vizinhança, sempre acompanhadas de suas babás ou levadas pelo braço pelo vovô até a van escolar?

Já no Leblon, o ambiente começou a mudar e assim seguiu por Ipanema e Copacabana, até chegar ao ponto final. De novo, moro perto do ponto final.

(19H46)

Acordei.

Tinha uma criança em minhas mãos. Era um bebê recém-nascido. Pelo que me lembro, o havia encontrado na rua e trazido para casa. Deixei no chão da sala, no tapete.

Ninguém em casa percebeu, e eu mesmo, entre outras tarefas e compromissos, havia esquecido.

Mas ele soltou um grito abafado, e fui até ele. Os olhos cerrados como os bebês da sua idade (ainda são assim?).

Dormia? Era um pesadelo? Parecia doer. Pensei em pedir ajuda, mas não tinha avisado ninguém e tampouco sua presença fora notada. Ele respirou forte. Será que morria? Senti o peso do seu corpo nas minhas mãos. Ele suspirou mais uma vez. Como pesava aquele pequenino corpo.

SÃO SEBASTIÃO DO RIO DE JANEIRO, 23 DE NOVEMBRO DE 2022

Vim à praia pra ler.

Mas, no breve caminho, já me passava pela cabeça que deveria escrever. Eu queria escrever.

Escolhi um lugar onde não ficasse perto demais das pessoas.

Os caras que antes estavam em silêncio agora não param de falar. Alto. O helicóptero incomoda menos que suas vozes. Unido ao mar, ele alivia sua presença.

Enfim, sou um misantropo. Ou será um misantropo apenas quem sempre é misantropo?

Ei, afinal, o que você veio dizer?

Quando alguém escreve alguma coisa, dizem, é necessário ter um objetivo. Tem a síntese, a antítese…

O que escrevo talvez não passe de um fluxo de pensamentos em sua própria desordem. Será ordem? Ou apenas ego? Meu ego.

Confissões.

A quem interessam as confissões?

Será que devo ser julgado?

Com tantos erros por aí, por que nos preocupamos tanto em condenarmos uns aos outros?

Os cancelamentos são as novas guilhotinas?

Diz-me tu: haverá algum proveito na condenação pela autocrítica?

Chega! Quantas perguntas seguidas.

Se crítico sou, devo ter alguma consciência daquilo que não posso. Reconhecer os meus limites. Inclusive aquilo que sei que não devia, mas que meu coração não para de sentir.

"O coração é mais traiçoeiro do que todas as outras coisas", disse Jeremias. Inspirado por Deus?

Se algum dia serei diferente, bastará a minha vontade, ou um pouco mais: o meu esforço. Será?

O desejo...

Meus desejos estão tão distantes de mim. Percorrem por um universo paralelo, sei lá até onde, num espaço-tempo imune às leis da realidade e ao medo.

Minhas expectativas são formadas pela união destes três: desejo, medo e (ideia de) realidade.

Meus. Minhas. Pareço tão autocentrado. Egoico? E outras vezes tão contaminado pelas expectativas dos outros. Assim cada vez menos. E assim cada vez mais egocêntrico.

Avisei que eram confissões.

Em nenhum momento criei a ilusão de que pudessem ser interessantes para você.

Talvez sejam por curiosidade. A curiosidade de saber o pensamento do outro.

Se bem que vivemos num instante em que ninguém quer saber o que pensa, muito menos o que sente o outro. Cada um de nós só deseja *terabites* para dizer o que pensa, o que sente. Ou como quer ser visto. E tanto! E daí ser magicamente alçado à fama. Pelo amor e pelo ódio.

Acho que as maiores celebridades, ou *influencers* — porque, antes de ser célebre, hoje é preciso ser influente —, são os que sabem despertar a atenção de muitos e o ódio em todos os outros.

Ora, não sei se alguém ama a Anitta, mas que ela tem a atenção de muitos, isso é inegável. E o ódio...

Um pensamento insistente nesta tarde tem sido: serei sempre irrelevante no meu tempo. Se assim será por toda a minha vida, talvez você que me lê no futuro saiba melhor.

Você está lendo isto?

O que é certo é que jamais saberei o que sobrevirá. E o mesmo vale para você. Assim como foi para todos os outros que vieram antes de mim e deixaram — em livros, músicas, filmes, pinturas — registros em vestígios de quem um dia eles puderam ser.

Arrogante. Irrelevante. Desimportante?

Desculpe. Hoje não contei nada que se pareça com uma história. As pessoas, dizem, querem histórias. *Stories*. Falta *storyline* aqui.

Ontem ouvi no YouTube (você que me lê no futuro talvez entenda isso como contar a alguém que nasceu no ano 2000 que a Xuxa começou na Manchete) que a Lua em Capricórnio resulta em azedume. Uma pessoa azeda. Culpa das estrelas. Também por elas, ou por amor (sim, apesar de tudo, há quem me ame), minha amiga Clarissa escreveu assim:

— O seu mapa é o da arte por excelência. Seu ascendente é Leão, então, você é um Sol, que está em Touro, o domicílio de Vênus, patrona das artes. Onde? Lá no meio-céu, brilhando para todo mundo ver. Dá para ser triste? Sim, mas não só. E o que seria da arte se ela fosse só alegre? E não se esquece da Vega. Você é todo artista!

A redenção também é culpa das estrelas.

Aproveitando que você continua aqui, vou compartilhar — pelo desejo da sua companhia ou por vaidade, você decide — um pouco mais do que ela me escreveu.

— Eu não vi o mapa inteiro ainda. Preciso ver o que falam da Lua em Capricórnio, mas sei que não é um posicionamento fácil: é o exílio da Lua. Me lembro muito da Thamires falar sobre escassez, dificuldades em expressar sentimentos. Mas veja só: você está acompanhado por Paulinho da Viola, que driblou toda essa dificuldade muito bem, obrigada. E não pode se esquecer de que a sua Lua está lá, bem juntinha com a estrela mais artística do panteão, a da lira do Orfeu. Então, nem tudo está perdido, suponho.

Pois bem, vejam: há esperança. Driblar. Se eu driblar.

Talvez seja por isso mesmo que eu esteja aqui nesta cadeira de praia, numa tarde de céu azul-cinza-claro, escrevendo com um livro no colo e um celular na mão, sentindo o vento esfriando todo meu corpo. O objetivo. Pode ser esse, afinal.

Agora, uns turistas muito brancos (redundância?) tiram fotos no mar com suas lentes de longo alcance fazendo "oh" com a boca e os pés gelados.

Obrigado. Obrigado às estrelas. Obrigado, Clarissa.
Obrigado a você.

SÃO SEBASTIÃO DO RIO DE JANEIRO, 30 DE NOVEMBRO DE 2022

Acho que nunca disse isso a ninguém — e só por esse motivo fiz questão de vir aqui. Mas, por favor, não é porque eu nunca contei a alguém que se trate de coisa importante.

Acabei de apagar tudo que escrevi nestas linhas imaginárias para tentar dizer logo. Seja objetivo, Thiago. Nem tanto, claro.

Você às vezes também tem a sensação quase transcendental de que tudo está no lugar onde deveria estar? Sabe, está tudo bem. O que parece mal no fim é bom. O que parece bom é ainda melhor. O caos é ao mesmo tempo a própria harmonia de tudo e de todos.

Sim, isso também me soa ingênuo. Mas é como estou me sentindo agora. E não é alegria, não. É paz. A paz de que tudo deu certo até aqui e que eu só preciso seguir, esperar e seguir. Pois o que há de ser visto será visto. O que há de se viver, será vivido. Aceitar e confiar. É a paz de aceitar.

Pois é, também parece tolice. Alguns diriam: sabedoria. Outros: positividade tóxica. E eu digo que é tolice. Repito, pois é preciso. Mas é como me sinto às vezes. Neste instante.

Ao contrário, há momentos em que tudo parece fadado ao fracasso. O que virá e o que foi. Tragédia.

Mas, se tenho me permitido chorar, se tenho admitido até a raiva que tenho das pessoas, por que não admitir que, de vez em quando, eu também confio?

Amanhã devo acordar diferente. Quem sabe?

(9H38)

O trabalho já não me leva mais à fuga. Toma meu tempo, mas não rouba minha alma. Por muitos anos ele me matou, mas também me fez sobreviver. E agora eu tenho de viver a vida. Um presente? Sim. E eu lutei muito para chegar aqui. Mas quem disse que a vida vivida é só coisa boa?

Vários monstros saíram do armário. Espectros. Eles estavam lá guardadinhos. Apertados. Como coisa que a gente futuca na gaveta e, oh, nem lembrava que lá estava.

Você pode dizer: Mas para quê guardar? E eu pergunto: Quantas pessoas de fato vivem? Pois eu estava há poucos anos entre os que apenas sobrevivem.

Não que a situação agora seja de total bonança e segurança. Alguns descuidos podem me levar para bem perto de lá de novo. Logo, é necessário se manter vigilante. A sobrevivência é sempre uma necessidade para quem está vivo.

Escrevi há pouco que estou tentando não chorar. Mentira. Ou não é bem verdade. É que eu estou aprendendo a chorar.

Tento parar por aqui porque dói. E porque tenho medo. Isso não deixa de ser um espírito de sobrevivência. Nem sempre é hora de lutar. Falei isso ontem e agora estou repetindo para mim mesmo. Às vezes só precisamos descansar.

Mas quando descansar não é só fuga? A gente quase nunca sabe a verdade. A verdade quase sempre é apenas uma convenção, coletiva ou individual, íntima, consciente ou inconsciente.

SÃO PAULO, 3 DE DEZEMBRO DE 2022

Se eu ficasse, estaria errando. Se eu fosse embora, estaria errando.

Mas ficar era encarar as dores da expansão. E aceitar que nem sempre eu acerto. Mesmo que me esforce muito. Fiquei.

Cause we are all made of stars, acordei ouvindo esse refrão.

Não sei se estou escrevendo um livro, mas sigo escrevendo.

Hoje é dia de receber homenagem. Mas como é que se recebe uma homenagem? Será que foi por falta de experiência semelhante que não tive a iniciativa de convidar alguém?

Tinha mais alguma coisa que eu ia escrever, mas esqueci.

É um diário, lembra?

Fui olhar o convite e lembrei por que não convidei as pessoas. Não tem nada a ver, mas me senti como a Elis Regina indo cantar para os militares. Nesse caso, são os militares que vão cantar.

(14H55)

As obras estão expostas logo no *hall* de entrada. Há uma movimentação num auditório externo com pessoas de algum lugar da África — só por essa fala, já exponho a minha ignorância, mas é isso, e não havia nada lá que dissesse de que país eles eram.

Enquanto eu observava as obras e notava que um dos trabalhos que inscrevi foi trocado pela curadoria, um rapaz veio tentando falar em português. *Baixo, baixo*, ele repetia. Eu apontei para a escada, de onde ele vinha, mas desconfiei que a palavra fosse outra.

Sim, era banheiro. Quantas vezes, mesmo aqui, fico atrás de um banheiro. Mas tudo piora quando somos clandestinos.

Quando cheguei ao segundo andar, logo identifiquei o salão onde a cerimônia aconteceria. Havia uma foto gigantesca, e estava escrito em letras garrafais: "fulana apoia este evento". Afinal, o nome do evento não era necessário.

Sim. Foi por isso também que não convidei as pessoas.

Mas, depois de tudo acontecido e da divulgação feita nos *stories* do Instagram, uma amiga me mandou uma mensagem parabenizando e falando da importância de sermos homenageados em vida. Em vida. Isso me tocou. Eu estou vivo. E tem gente me homenageando pelo meu trabalho. Para de ser tão ingrato, Thiago. Usufrua do que você tem e construa o que você quer. Siga em frente.

Ah, e não é só gratidão. Confesso que tem também o sabor perverso de saber o que está no quadro e que muita gente não vê. Seja porque não pode, seja porque não quer.

4 DE DEZEMBRO DE 2022

"Silêncio. Deus é perfeito" — Nisete Sampaio.

"Siga em frente": foi assim que ela me respondeu da última vez que conseguimos conversar sobre arte. Não lembro se foi quando participei das exposições em Paris e em Barcelona ou se foi quando mandei as fotos da exposição em junho, ou na individual que aconteceu aqui no Rio. Só sei que vale para toda a vida. Além da arte. Seguir em frente.

E acrescento que isso envolve dar saltos, se esparramar, se recolher e voar.

(21H33)

Não é que a vida seja um roteiro fechado. Tudo ficou bem triste quando vivi assim. Existem tantas possibilidades. Tantos mundos! O presente vai construindo, simultaneamente, o passado e o futuro.

E o meu presente quem faz sou eu, certo?

Não exatamente assim.

Somos interdependentes. Isso surgiu há alguns anos em uma sessão de terapia. Foi ali que encontrei sentido, ou um nome, para dizer...

— Tá preparado pra uma sessão de Pica-Pau? — a garota do banco de trás riu, o namorado concordou, e ela prosseguiu falando.

Já o senhorzinho que estava do meu lado se levantou. Vai descer em Queimados. A mãe dele mora em São Paulo e está internada. Foram várias ligações de parentes durante toda a viagem. E eu ouvindo tudo, claro. Ele voltou para resolver problemas e amanhã mesmo planeja retornar para ficar com a mãe no CTI.

Nisete também está no CTI. Dia de Iansã, ou de Santa Bárbara, como ela iria preferir dizer.

A cultura dá formas para os nossos deuses. Mas nós decidimos também dizer que todos os outros estão errados e devem ser convertidos à nossa visão.

Fruto do colonialismo ou do cristianismo? Qual foi plantado primeiro?

Apesar disso, acho que tenho fé. Ela pode não seguir mais a forma rigorosamente definida como aprendi nos meus primeiros contatos com o mundo simbólico.

Continuo orando a Jeová, mesmo disposto a dançar movido por um orixá que eu nem conhecia, mas cujo nome ouvi na minha cabeça e descobri que existia.

O conceito maniqueísta de deuses falsos versus o único deus verdadeiro é que não me faz mais sentido.

Se somos criados à imagem e semelhança de Deus, não seria a diversidade de olhares e representações um traço divino?

— Oh, os táxi amarelo. Chegamos? O Cristo!

E a namorada complementa:

— De dia você vai ver aqui. É surreal!

Chegamos.

RIO DE JANEIRO, 5 DE DEZEMBRO DE 2022

Recebi agora no WhatsApp uma foto do ex-Ministro Carlos Pontes segurando um catálogo de artistas de que participo. Comemoro? Por que não?

Será que um bolsonarista vai comprar meu trabalho? Ou seria melhor começar a ser perseguido?

Confesso que o pior para mim não é nem uma coisa, nem outra.

Ser ignorado é o mais triste para mim. Acho que sempre foi assim. Por mais que antes fosse bem difícil lidar com críticas, ou com o contraditório.

Prefiro mil vezes levar ovo podre do que não ser notado. Talvez eu seja egocêntrico e vaidoso demais. O certo é que a maioria dos artistas passa toda a vida ignorado. O critério não é virtuosidade, nem persistência, estudos ou os sacrifícios mais íntimos.

Falando assim parece que ser artista é uma maldição. E é. Mas também é uma bênção. E eu agradeço por isso.

(23H07)

O que é mais importante:
eternidade ou intensidade?

Existe o "para sempre"?

Sei que não desejo a longevidade
mais do que o gozar a vida.

(00H26)

Nenhuma obra — não importa se escrita, falada, musicada, desenhada —, nada, dá conta de tudo o que a gente sente. É sempre uma fração. ==E é por isso mesmo que eu continuo.==
E que virão outros depois de mim.

6 DE DEZEMBRO DE 2022

Hoje podia ser um dos dias mais tristes da minha vida. Mas chorei de alegria. E sorri. Sorrimos juntos. Nisete e eu.

Recebi tanto amor! Dela e das pessoas que fui encontrando, ainda que algumas por detrás desta tela.

Não vou medir se eu mereço. Afinal, quem merece? Amar é amar. E amor não é bom apenas se doer, não.

A dor é intrínseca à vida da matéria.

Nota: se você está recebendo estes textos é porque temos uma relação aberta a críticas com carinho. Esses dois critérios não são originais meus. Mas inspirados em Anna Muylaert, que faz leituras de seus roteiros selecionando os participantes mais ou menos assim. Caso não queira mais participar desta experiência coletiva solitária, basta responder a este e-mail dizendo: foda-se.

SÃO SEBASTIÃO DO RIO DE JANEIRO, 07 DE DEZEMBRO DE 2022

(00H54)

Texto deletado.

Texto reencontrado.

SÃO SEBASTIÃO DO RIO DE JANEIRO, 07 DE DEZEMBRO DE 2022

Eu disse que aquilo de que mais tenho medo é ser ignorado. Mas muitas vezes na vida tenho prazer em ser invisível.

A invisibilidade é um superpoder. Muitas vezes visto essa capa. Acho que já nasci com ela.

Mas na arte eu gosto é de ser incompreendido, principalmente por aqueles com quem não simpatizo. Mais que isso, há um grande prazer quando vejo que alguém buscou decifrar minha obra e veio me dizer sobre coisas que desconheço.

15 DE DEZEMBRO DE 2022

Uma dor de cabeça que começou no sábado e segue me fazendo ótima companhia.

As anotações acabaram ficando sem as datas. Olha eu me justificando. Se puder, me leia como alguém que lhe deseja bem.

"Pra ser sincero, não espero de você..."

Resisti à tentação e não comecei repetindo esses versos que tanto lembram meu primeiro contato com um aparelho de som. Mas, se essas eram as palavras, por que ocultar o clichê?

Eu não espero de você essas coisas.
Por mais que eu desejasse que fosse diferente.
Se depois do que eu disse e fiz,
foi desse jeito que lhe tocou,
a gente não vai conseguir ser amigo.
Já gozei muito nesta vida, mas quero muito mais.

Complexo.

Qual é a sua versão real?

Não me lembro como surgiu essa pergunta. Terá sido de alguma série a que assisti essa semana?

Parece haver um senso comum, e a indústria cultural está aí para alimentar essa crença, de que a nossa versão real é uma coisa linear, imutável, rija, apenas a um passo de ser revelada.

A minha versão real, ou o mais próximo dela, surge da minha paz, da minha alegria, do meu desejo de viver. Mas por que não da minha raiva, do meu rancor, do meu desejo espancado e cativo?

Confesso que, na maior parte das vezes, só revelo a minha primeira, segunda camada. São raros os momentos e as pessoas que me inspiram a vontade de compartilhar quem sou. É muito diferente pra você?

Será que existe mesmo uma versão real de quem a gente é? Talvez na morte. Cessam as atualizações e aí, pum!, surge uma versão cristalizada na memória de quem insiste em não nos esquecer.

— Esse desenho me emociona até hoje.
— Muito tempo que não vejo.
— Eu também. Mas qualquer menção a ele, imagem ou a música-tema me deixam emocionado.
— Fofo.
— Gatilhos fofos hehehehe.
— Hahhahahhaa nunca vi.
— Tá vendo um agora.
— Me desperta a vontade de ser uma pessoa amorosa, aceitar os amigos como eles são, fico quase ingênuo (dura uns segundos).

De uma conversa com Antônio pelo Instagram. O desenho era *A Nossa Turma*, que passava no SBT.

Um amigo que ainda não nasceu.
Amigos por mais de 60 anos.
Se muito eu viver, esses presentes poderão chegar.

Me disseram que eu estava pensando demais no passado.

Pedir desculpas. Aprendi na Watchtower. Foi o que a Aline me disse depois de sentenciar na mesa para todo mundo ouvir que taurinos não pedem desculpas. Eu peço desculpas porque me ensinaram. E eu aprendi, né? Essa parte é minha. Eu aprendi.

Isso me lembrou de uma outra fala.

Abhiyana, São Paulo.

Fiquei tão contente de vê-la materializada ali na minha frente e na minha exposição. Poder abraçar, olhar nos olhos dela sem a tela no meio. Acho emocionantes esses encontros. Nós dois tivemos a sensação de que já nos conhecíamos antes, além da tela. Ah, mas o que ela disse, Thiago?

Mesmo nesses lugares que nos ensinaram a ser contra nós mesmos, houve um aprendizado que foi o do amor (com todos os problemas que poderia ter, mas não vou citá-los aqui, além dos que posso ainda nem saber).

Tocar nas pessoas. Dar um abraço. Sorrir. Afinal, é isso o que se faz nas igrejas evangélicas, ou o que supostamente aprendemos, segundo os ensinamentos de Jesus, que deveríamos fazer.

Desde criança aprendi que deveria ser amoroso com todas as pessoas. Inclusive com os mundanos. Embora com um tratamento diferenciado de quem tem a perspectiva de viver para sempre no paraíso na Terra e está ali tentando salvar você. Por um tempo me imaginava como o I.A. do filme do Spielberg: nascido para amar.

Na hora que ela disse isso, fiquei surpreso. Estranho pensar que..., mas é verdade. Eu não aprendi somente coisas ruins por lá.

Para gostar muito de alguém, você precisa gostar muito de si mesmo, senão esse alguém pode destruí-lo.

Quando amamos, entramos em contato com os conflitos do outro e com os nossos conflitos. Aquelas coisas que fazemos e, de repente, nos vemos na situação de repensar, mudar ou reafirmar.

Talvez seja por isso que tanto lutamos para não gostar de alguém (por muitos anos fui assim, bem-sucedido).

Subestimo a força do amor, tento contê-lo para caber dentro de mim, dos meus limites, das minhas fraquezas, mas o amor é maior que eu. Ele se sobrepõe. Insiste e mostra que sou eu quem precisa aprender a conviver com ele. E, sob tensão, ser moldado por ele.

O amor é movimento para fora e para dentro. É talvez quando podemos olhar mais fundo dentro da gente.

Será por isso que somos seres sociais? Será que foi por isso que os *homo sapiens* sobreviveram ao que os neandertais não puderam?

O amor que eu quero.

O amor que pode ser, e que pode existir mesmo sem você.

Responsabilidade

Abrir o próprio caminho, apesar de.
Mas o que move o caminho senão o desejo?
De que serve a razão se não for inspirada pelo desejo?
Mesmo quando a razão se pauta pela sobrevivência, reside nela o desejo de viver, não?

Da janela deste ônibus, olhando o Rio de Janeiro, percebo que os maiores movimentos acontecem sob o toque do amor.

Sou movido pelo amor.

Pela raiva também, como a raiva de não poder estar, como os outros podem sem qualquer esforço.

Mas não existe raiva, nem saudade, que me faça chorar sem o amor.

Atravessando caminhos, mares.

Ontem estive com um mestre. Entre histórias que parecem saídas da fábrica de estrelas de Hollywood (eles tinham um nome para isso... *star system*?) e fofocas dos bastidores da Vênus platinada, ele me apresentou o roteiro e a proposta para participar na direção de arte de um videoclipe. Não do clipe todo, mas de uma sequência.

Também falou de Deleuze, Maria Homem, Ana Suy e, como um bom crítico, deu uma alfinetada no meu instagram.

Mas o que eu quero do Instagram?

Sou mesmo persistente.

— Você quer dizer teimoso?

E não estou falando de um passado remoto. É sobre a espera de agora. Sobre estar na recepção desse prédio mais uma vez.

Há dois dias saí daqui com um sonho buzinado. Sempre me lembro dessa expressão. "Todo mundo tem um sonho buzinado." Ela me chegou por uma peça a que — agora me toco — assisti no teatro aqui do lado. O mesmo teatro aonde fui quando tinha uns quatro ou cinco anos para participar do Clube da Criança. Na época em que o cenário tinha uma floresta. Alguém lembra?

Eu fiquei na floresta, em vez de na plateia, o que me garantiu não aparecer na TV (um dos sonhos do Thiago criança, que vivia na frente da TV, era aparecer na TV).

Há de chegar a hora em que poderei contar mais detalhes e com muito orgulho sobre esse sonho de agora (ou seria outrora?).

SÃO SEBASTIÃO DO RIO DE JANEIRO, 16 DE DEZEMBRO DE 2022

Sou uma pessoa da saudade
até este momento da vida,
sem saudosismo sobre um tempo bom que passou.
Sinto saudade é de gente
e da gente,
daquilo que somos
ainda que nem sempre consigamos ser quando estamos juntos,
mas há sempre uma promessa
de sentir e de ser.
Sinto saudade (de algumas pessoas).

17 DE DEZEMBRO DE 2022

(14H10)

Você está se cuidando
E viver também é se cuidar

De que adianta sobreviver por 100 anos sem ter vivido?

Você também guarda várias janelas abertas do Chrome no celular? O meu está com 65. Tem de tudo. Textos que eu queria ler, mas não podia na hora, achados por mim ou recomendados por amigos, resultado de exame de DNA, vídeos que prometi a alguém assistir e outras coisas que em algum momento me pareceu que eu deveria ter à mão se precisasse.

Às vezes tento fechar uma ou outra, e foi assim que reencontrei um teste de personalidade, aparentemente sério, que fiz sei lá há quanto tempo.

"Se tá na internet, é mentira": ouvi isso hoje num funk enquanto corria. Acho que farei alguma obra com essa frase.

Falando sobre o teste, minha personalidade seria INFP. Acho que foi a Laíse que me indicou isso e, por vir dela, atribuí algum nível de confiança.

Dando uma pesquisada no Google, achei umas coisas que me pareceram bem picaretas. Ao mesmo tempo, não posso dizer que não me identifiquei com a descrição. Em quase tudo, inclusive. O que me assusta e me impressiona pelo mesmo motivo.

Afinal, como assim existem dezesseis tipos de personalidade(s) no mundo? Dá para botar 8 bilhões de pessoas nessas caixinhas?

Botar uma pessoa em um caixinha já me parece tão redutor e pretensioso. Mas recomendo. Nem que seja para dizer: *nada a ver, Thiago*.

Lembrando aqui que são doze signos astrológicos. Olha só, quatro a menos que os tipos de personalidade MBTI. Claro que podemos ampliar a coisa pensando no mapa astral inteiro em vez de se concentrar no signo solar. E os santos (não os católicos, mas os orixás) quantos são?

Num vídeo bem-produzido, com uma estética que me lembra aqueles anúncios de produtos milagrosos, uma mulher com cabelos escovados (preciso dizer que é loura?), usando cachecol dentro de uma sala fechada de escritório, explora com empolgação características sobre o tipo INFP. Dentre os comentários do YouTube, destaco o que aparece logo de cara:

— Cadê os infp do mundo? Gente o universo precisa de mais pessoas como vocês (emoji de coração rosa batendo).

O tipo INFP é chamado de Mediador, nome que eu tendo a preferir, mas também de Idealista (é esse o nome usado pela mesma mulher no vídeo seguinte, a que eu recusei continuar assistindo).

Pensando no comentário e nessas descrições sobre tipos psicológicos, acho interessante notar como características que podem ser consideradas positivas também podem ser vistas de forma negativa. Seja pelo contexto ou apenas pela percepção de cada um.

Como interpretar quando alguém aponta uma característica (supostamente) positiva sua como um problema?

Penso que essa pessoa não gosta de mim. Nem penso tanto, sinto. Um sinal de rejeição, de desprezo. Que pode ser bem forte dependendo do quanto a estimo, e que é agravado num contexto em que a pessoa ressalte, repetidamente, muito mais aquilo de que não gosta em mim do que aquilo de que gosta.

Mesmo que as afirmações negativas me pareçam baseadas em ruídos de comunicação — o que é ainda mais comum quando estamos restritos ao ambiente virtual —, é a pessoa dizendo: *não gosto de você porque você é assim, Thiago.*

Por óbvio, não há nada que eu possa fazer diante disso, senão aceitar e seguir adiante. Sim, eu também posso usar esses comentários para minha autocrítica, e isso faz parte do seguir adiante, com ou sem a pessoa que fez a crítica.

Também posso tentar conversar e me fazer ser entendido. Mas às vezes estou exausto demais para isso, com medo de mais rejeição e de acabar por incomodar alguém (como eu detesto que me incomodem).

Ou será que estou apenas fazendo mais uma leitura equivocada e preconceituosa das entrelinhas?

Uma memória leva à outra. Os fios de Ariadne?

Lembrei-me de um cara que conheci há muitos anos. Para se ter uma ideia, conversávamos no MSN, e não existia Facebook. Talvez na época eu já tivesse o MySpace (eu adorava aquilo e fiquei até quase famoso, acredita?).

Tento me recordar, mas vejo que o nome dele se perdeu na minha memória. Achava-o parecido com o ator que fez o Renato Russo no cinema. Se cheguei a ver duas fotos dele foi muito, o que era normal naquela época em que as câmeras digitais ainda estavam se popularizando e ninguém usava smartphones.

Pois esse cara um dia me chamou de idealista (lembra do outro nome dado ao tipo INFP?). No princípio parecia um insulto, mas perguntei para tentar entender o que ele queria dizer.

E não é que era mesmo um elogio? Ele ainda contextualizou, dando exemplo das coisas que eu havia dito e do que eu gostava de ouvir e de ler.

No fim, eu fui babaca com ele, que morava (acho que) no Paraná e um dia me contou que tinha uma viagem para o Rio. Dei um jeito de dizer que não tinha interesse em nos encontrarmos pessoalmente.

O quanto fui objetivo não recordo, mas ele pareceu entender claramente a mensagem. Não sem desabafar o que estava sentindo, o que confesso me incomodou bastante. Chegamos a falar pelo menos uma vez depois disso, até que ele sumiu.

Ah, mas eu só fui sincero com ele, né? Por que afinal me intitulei babaca?

Acontece que eu adorava conversar com ele. A gente era amigo. E ele me parecia um bom amigo, o que na época me faltava muito, pois vivia extremamente isolado.

O mais provável é que teria sido ótimo nosso encontro. Talvez fôssemos amigos até hoje (o INFP fala sobre essa busca por longevidade e profundidade nas relações).

E, no fim, depois de alguns mal-entendidos, conversas olho no olho e algumas angústias, ele poderia, sim, aceitar que fôssemos apenas amigos, ou sei lá. Mas eu tinha medo. Como tenho medo do que você vai entender se ainda estiver lendo isso. Mas viver é perigoso.

SÃO SEBASTIÃO DO RIO DE JANEIRO, 19 DE DEZEMBRO DE 2022

(00H08)

Das cinco pessoas, apenas uma eu conhecia pessoalmente.

"Ele é inteligente, tem até segundo grau." Essa é a primeira menção ao Sérgio de que me recordo, tinha eu uns oito anos de idade. Algum tempo depois, minha tia Leta e ele se casaram.

Já na quinta-feira, foi o vizinho da Alana. Ataque cardíaco após uma discussão no condomínio onde morava. Deixou uma filha de sete anos.

Hoje, depois de um encontro com uns amigos — bebemos vinho branco, tinto, cerveja e espumante, falamos de política, Madonna, posse do Lula, obras de arte do ex-presidente retiradas do Planalto e ainda fizemos duas rodadas de jogo de tabuleiro —, lavei a louça, desliguei a música e fui pegar no celular. Instagram.

Primeiro vejo o vizinho comunicando o falecimento do marido. Meningite. Ficou na minha cabeça a foto dele de pé numa pedra, magro, alto, sorrindo, dando tchau.

Logo depois, o falecimento de um músico. Duas paradas cardíacas, a segunda já no hospital, 37 anos. Conciliava a arte com o trabalho de diretor de recursos humanos numa grande empresa.

Nos *stories*, um amigo ator também falava de uma perda. De início, pensei até que fosse do músico, mas se tratava do diretor de uma escola de teatro aqui no Rio. Foi aí que me toquei da sucessão de notícias.

A verdade é que todo dia morrem quantas pessoas mesmo? Estamos sempre a partir. Basta existir, não precisa nem nascer para morrer. Findar. Acabar. Encantar, como alguns dizem.

Isso aqui virou um desabafo brabo, né?! Acho que ninguém está disposto a ouvir desabafos. Talvez tenhamos criado uma função profissional e estudos para que enfim um ser humano suporte ouvir o outro e, se possível, contribua de alguma forma para a vida dessa gente chata como eu.

Para que servem os desabafos? Quem, já cheio de problemas, quer ouvir problemas dos outros? É certo ser odiado, ou pior, ignorado. E quanto mais chato tenho consciência de ser, mais sei que chegará a hora em que não poderei me suportar.

Mas o que fazer quando só posso ser os muitos eus que sou? Reprogramação mental? Alex Delarge pode enfim ser uma boa pessoa?

Os meus eus não são tudo legal. Eu não sou todo legal. Já deu pra você perceber, é claro.

E insisto em falar quando sei que você já não me ouve mais. Você sequer existiu. Mas este parágrafo é um adendo do futuro. Aviso.

Esta semana também se completou um ano da partida da minha avó. Havia me esquecido completamente da data, do calendário. Fui lembrado pelas fotos de mim no cajueiro, numa praia belíssima com um píer logo ali do lado, andando de camelo nas dunas em Natal.

E não é que, na véspera de completar um ano, encontrei com a palavra "vovó" escrita no chão do jardim do Museu da República?

É claro que me lembrei de minha avó Josefa. Tirei uma foto. Andei mais um pouco e, dessa vez, achei escrito "bonita". Daí ficou óbvio ligar uma palavra à outra. Isso: "vovó bonita".

Eu digo e ela não acredita. Ela é bonita, bonita demais. Desde quando ouvi essa música na trilha sonora da minissérie *Justiça*, que vi no início da pandemia, me lembrei dela. Não sei se movido também pelo sotaque, pois a forma que o cantor pronuncia o "d" é parecida com a da minha avó. Acabei nunca cantando-a pra ela.

Saudade, vó! Obrigado por tudo!

Falando assim parece que nós éramos próximos desde sempre. E talvez fôssemos. Apenas levamos bastante tempo para aprender e sentir. Mas aprendemos. E sentimos. Vencemos. É a nossa história possível, porque não morremos antes.

20 DE DEZEMBRO DE 2022

Ela é tão bonita que na certa eles a ressuscitarão.

Li essa frase num comentário no Instagram, onde noticiavam a morte de Gal Costa.

Mas como a ignorância produz aberrações semióticas, a resposta foi alguém rindo.

Outra, uma artista de perfil reconhecido no Instagram, considerava doida e blasfema aquela que tinha escrito a frase. Essa no caso era a Claudia, minha amiga. Fiquei desconfiado se a Claudia estava louca mesmo, pensando: *Não pode ser. O que será que ela queria dizer? Não pode ser o que parece.*

Era a Claudia. Assim resolvi fazer o óbvio: buscar a frase no Google. Ah, estava tudo lá. Sou apenas ignorante. Minha única virtude foi manter a boca calada e os dedos na busca em vez de na sentença e no deboche.

21 DE DEZEMBRO 2022

São 3h59 da manhã. Acordei faz um tempo. Não porque o alarme começou a tocar. Não porque meu filho precisa se arrumar para a escola ou porque tenho de levá-lo ao hospital. Não porque minha casa desmoronou com as chuvas. Não porque preciso pegar uma kombi até chegar à estação de trem pra seguir até a Central e depois pegar um ônibus ou o metrô até a Zona Sul pra trabalhar num supermercado ou numa farmácia.

Veja só, a minha vida é boa. Eu construí essa vida. E também a recebi. Pois, por mais sozinhos que sejamos, nunca fazemos absolutamente nada sozinhos.

Há sempre o acaso — que às vezes gostamos de chamar de sincronicidade ou de bênção. Pode ser uma ajuda intencional ou não, para o bem, para o mal, para ambos os sentidos e para outros, que nos leva até onde chegamos. O sucesso.

Acordei assim de desprezo. Ou estou sendo ingrato? Talvez um menosprezo seja menos ruim.

Sintomas de ser ignorado, de ser fatiado. Censurado.

Essas palavras, não. Esse assunto, não. Desculpe, mas não vou ler. Você quer conversar? Começamos daqui. E, se eu fosse uma mulher, faria assim? Você é inteligente. Estou sendo desrespeitoso com você? Não é não, Thiago. Não é não, Thiago. Não é não, Thiago. Não é não, Thiago.

Mas não é por causa disso. Há muito tempo eu acreditei que estava vivendo uma vida feliz. Tinha tanta coisa ruim naquela vida. Tinha tanta espera. E parecia que esperar fazia todo sentido. Alcancei realizações inimagináveis. Ainda não é meia-noite, mas preciso correr.

Um dia acordarei no meu último dia. E se eu apenas não acordar? Terei um longo tempo para me alimentar de falsas esperanças, agonizando, sustentado por...

SÃO SEBASTIÃO DO RIO DE JANEIRO, 22 DE DEZEMBRO DE 2022

Hoje escrevi direto no meu caderninho azul. Estou apenas transpondo aqui para que haja acessibilidade.

Inevitavelmente, reviso e acrescento como jovens e velhos escribas de olhos carcomidos trancados num mosteiro em um fim de mundo no século XV.

Outro motivo — parece que adoro compartilhar motivos (será que é porque quero que vocês me entendam?) — é que a minha letra pode não ajudar na compreensão de quem tiver algum interesse em entender direto do caderninho.

Diferentemente dos diários anteriores, uma pessoa morreu. Ele recebia regularmente os textos. Por alguns sinais que me revelou, acredito que de fato os lia, até que caímos com Babel e nossas línguas deixaram de ser as mesmas.

Com ele, parte de mim, do presente e do futuro, se foi. E a ausência é tanta que até o passado se embaralhou. Sei que deveria dizer diferente. Mas é o que eu sinto, e mais cafona que ser cafona é ser hipócrita.

Sempre faltará alguma coisa a dizer. Algo a ser explicado. Aquela parte que não ouvimos direito, que a língua enrolou, que o som da rua ou do estômago abafou, que o ruído de fora ou da mente calou. Ou cuja conexão falhou.

O certo é que não se fala para quem não quer ouvir.

Eu sei. Posso falar sozinho. Mas agora cansa e aumenta a raiva. O próximo passo é pegar a estrada e agredir quem não quer ouvir?

Gritos, xingamentos, praguejamentos, eu te amo, eu te amo. Eu te odeio. Mas não há ninguém que possa se despedir tendo dito, tendo deixado tudo absolutamente esclarecido. Não acredito.

Haverá, se o futuro existir, sempre uma dúvida, um "é que", "não exatamente", "você lembra que", "não me lembro de ter dito assim", "você deve estar doido", "eu devia estar muito doido nesse dia", "desculpe, eu não li", "mas não foi como eu senti", "essa nunca foi a minha intenção", e, finalmente, por força de expressão, "isso nem passou pela minha cabeça".

Uma frustração pode desvelar tantas outras. Elas estavam lá ocultas. Olha, eu não sei lidar com términos (alguns são tão tranquilos que nem percebi o que eram). Não com esse término. Acabado, dilacerado.

O término foi de mim, da minha capacidade de sonhar, não apenas com você, mas sonhar comigo. Eu não sonho mais comigo. O Thiago do futuro voltou a ser roteirizado (para sempre assim?). E eu sou obrigado a seguir, a me transformar naquelas pessoas?

Essa é a minha natureza. Verdade, a natureza pode se transformar. Ela se transforma como uma caverna que surge através de milhões de anos, de encontros nem sempre amigáveis da rocha com a água.

Mas quem muda o curso de um rio? Quem cria barreiras destinadas à extração predatória até o desastre anunciado?

Por que eu deveria seguir sem reclamar até o desastre anunciado?

Quem são os acionistas a lucrar com essa tragédia?

Pois eu digo que renego a existência de todos eles. Não estou aqui para satisfazer a plateia que não aceita que o palhaço encerre o show. Acabou a pipoca. Artistas e animais precisam descansar. E nós nunca pisaremos de novo no solo desta cidade.

Um dia acordarei no meu último dia. E se eu apenas não acordar?

Terei um longo tempo para me alimentar de falsas esperanças, agonizando, sustentado por aparelhos e ópio numa UTI?

Passarei inconsciente, dopado, chapado enquanto o corpo definha decrépito numa cama de hospital e uma desconhecida limpa as minhas fezes? Ou serei agraciado com a dor lancinante de um ataque cardíaco fulminante? Lembrei de uma música do Raul.

"*Vou te encontrar vestida de cetim, pois em qualquer lugar esperas só por mim. E no teu beijo provar um gosto estranho, que eu quero e não desejo, mas tenho que encontrar (...)*

Eu te detesto e amo morte, morte, morte que talvez seja o segredo desta vida."

Você é tão dramático.

SÃO SEBASTIÃO DO RIO DE JANEIRO, 23 DE DEZEMBRO DE 2022

Se você lesse, se você lesse até o final, talvez pudéssemos ser amigos como Jane e Blanche não puderam.

Não é não, Thiago. Não é não, Thiago. Essas palavras ainda ecoam na minha cabeça.

"Não choro. Meu segredo é que sou rapaz esforçado. Fico parado, calado, quieto, não corro, não converso. (...) Eu não preciso de gente que me oriente. Se você me pergunta. Como vai? Respondo sempre igual: tudo legal. Mas quando você vai embora. Movo meu rosto do espelho. Minha alma chora. Vejo o Rio de Janeiro. Vejo o Rio de Janeiro (...) Não fico parado, não fico quieto. Corro, choro, converso e tudo mais jogo num verso. Intitulado mal secreto."
— Waly Salomão e Jards Macalé eternizados por Gal Costa no álbum "Fa-tal - Gal a Todo Vapor", gravado ao vivo no Teatro Opinião, em 1971.

Ainda me lembro de como eu estava e onde eu estava, quando prestei atenção pela primeira vez nessa música.

Provavelmente era também a primeira vez que a ouvia. Baixei o álbum completo num blog que mantinha um repertório fantástico. Acho que só de músicas brasileiras, cheio de raridades. Foi onde conheci um pouquinho de Walter Franco.

Ouvindo "Mal Secreto", entendi que Gal estava cantando por mim. Música é magia, né? Generosamente, Gal emprestava para mim a voz e os gritos que eu não conseguia emitir.

Acho que esse diário deve se chamar assim.

Aviso aos leitores: não é mais "Sem nome e sem hashtags". Se chama agora "Mal Secreto".

Será que serei processado por isso? Será prepotência?

Ontem encontrei de novo o Jards Macalé aqui na rua. Um dia tomo coragem e pergunto se ele me deixa usar o nome. Se bem que acho que a letra é do Waly Salomão, de quem só vi um documentário durante um curso que não terminei.

Verdade que já estava matutando isso há alguns dias. E me parece agora certo que seja assim. Mal Secreto. Pronto. Se for um livro, vai se chamar assim.

Não que eu seja ainda a pessoa que diz "tudo legal". Já decepcionei muita gente respondendo que não estava tudo legal. E pelo visto mais ex-amigos virão.

Existe "tudo legal" pra você? Eu não conheço.

Às vezes tá tudo bem, menos eu, sacou?

24 DE DEZEMBRO DE 2022

— Você gosta de Andy Warhol?

Talvez tenha sido ali, diante daquela pergunta/convite, que me apaixonei pela Bianca. E foi depois dali que finalmente parecia que eu estava no lugar certo, ou mais perto dele.

Era 1999 e nós estávamos no Adolpho Bloch, uma escola técnica estadual recém-inaugurada entre o Morro da Mangueira e a Quinta da Boa Vista (do outro lado do muro, também havia um presídio, mas não há mais nada o que dizer sobre isso, a menos que eu inventasse histórias pra você, mas não sou disso).

Da sala de aula, via o Cristo Redentor. Pra quem vinha de Realengo, isso significava que eu estava quase no Rio de Janeiro da novela.

A visita ao Centro Cultural Banco do Brasil foi minha primeira vez numa exposição de arte. Eu ouvia falar do Andy Warhol na TV e em alguns filmes, e nas raras revistas não religiosas que passavam pela minha mão. Finalmente pisava no lugar dos meus sonhos (onde nem sabia que podia pisar).

Obrigado por isso, Bianca!

Fiz uma postagem no Instagram falando sobre isso. Criei um vídeo, inclusive. Mas, se você quiser ver, pode ir lá. Não fecho meu instagram. E é raro eu bloquear alguém lá. Às vezes silencio as notificações, mas isso faço por mim e pra não invadir, mesmo sem querer, o espaço da outra pessoa.

Quando um amor se vai, parece carregar tudo, mas o amor que é amor é maior do que aquele que se foi.

O amor que é amor cuida de mim, deixa que eu chore, me lembra de quem eu sou, fortalece minhas vísceras, multiplica neurônios, inspira arte e o gozo de viver.

O amor que é amor está dentro de mim, sempre esteve aqui comigo.

Sou eu.

E é maior que eu e a saudade de você que insiste em não existir.

26 DE DEZEMBRO DE 2022

(4H41, HORA APROXIMADA)

> *Canto para quem não ouve*
> *uma marchinha com jeitinho carioca, num coreto,*
> *despretensiosa*
> *cena de um filme importante — ainda que pouco lembrado —,*
> *um dos meus preferidos, mágico!*
> *Canto para que a memória atinja seu sonho de ser apenas memória,*
> *que ganhe tantos borrões, ruídos —*
> *transformada pela ação da agulha do tempo e pelo mofo do abandono,*
> *então não restará mais nada,*
> *senão aquilo que mereça ser lembrado,*
> *aquilo que sou eu antes (e de que havia tontamente me esquecido)*
> *e tudo que veio depois que a banda passou*
> *ainda sem você;*
> *que a alegria de amar e de viver estejam sempre comigo.*

Obrigado, Nara! Seja lá onde você estiver. Eu te amo!

Isso também tá no Instagram. Dá pra assistir a Narinha cantando em uma cena de *Quando o Carnaval Chegar*. Bethânia chega de moto, mas não canta nessa parte. Pensando bem, talvez você seja uma pessoa do futuro, e o Instagram seja como uma fita K7.

Levei pensamentos para o banho e ao cair da água eles se multiplicaram como a cauda da sereia.

Sinto que a maior parte das pessoas não entende o que eu digo. Seja nas minhas pinturas, nos meus vídeos, textos. Às vezes até na terapia. Tenho dúvidas.

Isso é mérito? Devo me vangloriar como um artista intelectual hermético?

Apesar de vizinhos, somos separados pelo tempo e pelas origens. Clarice Lispector, ainda que uma mulher em um mundo misógino, era, além de genial, de um tempo em que não precisávamos dizer que a terra não é plana. O óbvio era óbvio. Ou estou romantizando um tempo que não vivi?

É necessário ser pop, insistiu o mestre em nossa última conversa. Não podemos insistir em viver nos anos setenta.

Meu amigo Thiago disse uns dias antes algo similar.

— Cara, já viu seus *stories*? Você vive nos anos 70 — rindo em seguida como um bom amigo depois da crítica e, não satisfeito, prosseguindo com um elogio carinhoso.

Discordo. Mas concordo.

Sou um viajante no tempo. Musicalmente, com certeza. Isso até o Spotify me disse na retrospectiva desse ano.

Não desacredito que eu seja um homem reencarnado que viveu seus tempos áureos na década de 60 (morri por volta de 1975) — às vezes acho que sei até seu nome e como ele partiu, mas não posso revelar minha identidade a vocês agora.

Meu prazer em ser artista está em dizer sem que todos entendam.

Não. Não se trata de trabalhar para bilionário ou para uma classe intelectualizada que supostamente leu livros que eu só coloquei numa lista (fora aqueles de que nunca ouvi falar).

Me inspiram os anseios de Keith Haring e suas ações para que pessoas de diversas classes econômicas tivessem acesso ao seu trabalho. Não quero ser caro para quem não pode pagar. Que os ricos paguem.

Mas não conheço os ricos. Quantas melancias terei de enfiar no cu para ser visto? Quantos testes de sofá, seguidores, danças de TikTok serão necessários?

Quando alguém me entende, esse é o meu gozo.

E posso garantir a você que há mensagens por todos os lados, como ovinhos de Páscoa escondidos com carinho pela mãe.

Dou minha palavra de honra, como as matrioscas sempre carregam outras e outras. Basta você querer abrir.

Conto aqui um segredo.

Verdade que não será nem de longe uma surpresa para os que me conheceram quando eu só respondia "tudo legal".

Sei ser objetivo, prático, pragmático. E sei sorrir com convicção inabalável quando esperam isso de mim.

Não duvido que eu seria um bom diplomata se assim tivesse oportunidade.

Óbvio que sei fazer planilhas no Excel, inclusive com gráficos, fórmulas, redigir atas de reunião, produzir e até elaborar relatórios de controle de produtividade.

Não que eu pretenda entregar pra você meu currículo, mas tenho experiência em administrar contratos de prestação de serviços terceirizados — já recebi por isso até elogio do Tribunal de Contas do Estado do Rio de Janeiro. Pode investigar.

Mas tudo isso, e outros predicados mais, eu só fiz pra sobreviver. Como uma prostituta que tem o seu gozo não com o pau no rabo, mas ao pagar o boleto da melhor escola do bairro pro seu filho amado.

E eu tinha uma forte motivação afetiva.

Então, como ser objetivo na minha arte?

Não faço propaganda. Não sou um artista empreendedor. Exceto e no limite da obrigação, já que sou meu próprio patrocinador.

Longe de mim julgar os que conseguem fazer arte assim. Palmas para todos que são compreendidos sem deixar de ser eles mesmos.

Não tenho orgulho em ser *gauche* na vida. Mas preciso ter orgulho de ser quem sou. Se não paro, travo, sucumbo. O mal secreto está exposto, caindo pelo ralo como a água daquele banho.

Mal Secreto

SÃO SEBASTIÃO DO RIO DE JANEIRO, 30 DE DEZEMBRO DE 2022

(3H47)

    Será que estou disposto a encarar as consequências de contar a alguém todos os meus segredos?
    Quem disse que você conhece todos os meus segredos?
    Às vezes eu mesmo me surpreendo com segredos que nunca contei pra mim. Às vezes, ressignifico verdades que chegam a virar seu avesso.

1º DE JANEIRO DE 2023

*"O silêncio dá margem pra muitas coisas...
do que tá acontecendo e do que aconteceu"*

Clarissa Croisfelt

3 DE JANEIRO DE 2023

Ouço DaVous.

Há uma cachoeira. Eu estou dentro dela ou ela está dentro de mim?

Mas eu já ouvi tantas vezes essa música. Não me lembro de haver uma cachoeira. Estou sonhando ou Alexa me engana?

Minhas pernas doem. Corri um pouco mais de 8 km. Hoje na companhia da Alessandra. Pensei no quanto mudei minha vida. Desde quando alguém imaginaria incluir, num passeio pelo Rio, correr comigo?

Que bom poder hoje ser eu!

Por um triz não existiria. Ao menos não esse eu que vos escreve.

Pensando bem, eu estava lá o tempo todo. Talvez esteja sendo finalmente o eu oculto, perdido entre altas paredes que aceitei que fossem construídas e que acreditei precisar construir.

— Que bom que você recuperou o tempo perdido — disse outro dia a Alana.

Será possível recuperarmos o tempo perdido? Seria como uma viagem no tempo: você retrocede, resolve pendengas e chega ao que definiu como presente, mas com uma cara nova. Uma vida nova? Se for assim, parece mesmo com o que fiz. E parte disso alcancei vivendo o presente.

Sabe, um pensamento que surgiu nesse último ano foi "não resistir à vida". Está escrito na capa do meu caderninho azul. Eu estava choroso naquele dia. Numa crise existencial. Chateando um amigo pelo WhatsApp com minhas questões. Até que me veio: "não resistir à vida".

Porque a vida é também todo o sofrimento, toda a angústia, os desesperos, as perdas. Então a gente acredita que, não olhando pra essas coisas, vai ficar tudo bem. Mas não fica. Pra mim não ficou.

E foi por não resistir à vida que chorei mais esse ano do que nunca. Mas senti mais a alegria da vida do que em toda minha existência. Talvez tenha sentido o mesmo em algum momento quando era criança. Chorei ou fui mais alegre?

Não. Eu não tenho saudade de quando era criança. Odiava ser criança. Fazer o que os outros me diziam que eu devia fazer. Não poder fazer, nem ser. Sentia a recriminação. Os tais muros sendo elevados. Edificações construídas e fortalecidas por mim mesmo. Até virar fortaleza. Uma fortaleza que implodiu em 13 de agosto de 2018.

As pernas doem e a mente insiste em ser. A dor diz a ela que existe.

Existe prazer nessa dor. Como ontem naquele cansaço brutal. Estou vivo. Talvez não quando você estiver lendo isso, mas o que importa? Quase todos os escritores que li e cuja companhia mais me deu prazer morreram antes mesmo de eu ter nascido.

É claro que não serei como Dostoiévski. Isto aqui não é *Notas do subsolo*. Esse que foi meu último livro lido. E que agora me inspira a viver.

Lembro-me do tédio que sentia com os relatos e de como achava chato aquele cara. Detestável. Era pela abominação que ele me atraía. Aquele sujeitinho era de verdade. E eu podia me sentir como ele sem ser recriminado. Nem mesmo por mim.

Um cara sem nome que para mim era o próprio Raskólnikov numa realidade paralela na qual não teve coragem de matar a usurária e, portanto, não conheceu Sonechka, nem foi para a Sibéria.

No último ano, desfiz mais pactos. Quebrei promessas. Decepcionei. Admiti que não suportava. Que não podia. Que não queria. Que não farei. Fui aprendendo desse jeito que os outros também não acertavam o alvo. Nem o deles, quem dirá o meu. Algumas vezes doeu muito. Pensei em morrer de novo. Pensei em viver mais um pouco. Só aquele dia. Deixar viver. Algumas vezes, fui feliz bem assim.

    Desculpe, já ia acabar sem dizer pra você: Feliz Ano Novo!

SÃO SEBASTIÃO DO RIO DE JANEIRO, 5 DE JANEIRO DE 2023

Preciso registrar aqui que hoje peguei as chaves.

Realizei os sonhos de quem me lembrei que um dia fui, de quem sou neste instante e talvez daquele que irá realizar alguns dos sonhos que tenho agora.

(22H59, HORÁRIO ESTIMADO)

Os últimos registros da minha vida.

Quais serão? Serão os últimos dos últimos minutos, segundos? Ou terei vivido mais tempo sem qualquer palavra, foto, vídeo, *post*, testemunha?

De uma conversa de botequim com Maria Fernanda e Alessandra.

6 DE JANEIRO DE 2023

Acordei com remorso do que não vivi.

Mas o quanto daquilo que desejamos a gente pode mesmo viver?

Que o meu desejo não tenha limite. Quando eu chegar ao fim, estarei morto — vivo ou morto.

Só a morte há de dizer até onde posso ir.

Surgem lembranças, dessas provocadas pela inteligência artificial no celular.

Memories together traz fotos com a Aline. Todas de 2020 para cá. Só ela e eu. A gente sempre foi autossuficiente junto. Desde o início temos nossos próprios assuntos. Nosso amor. Mas existia sempre algum momento em que o Hugo estava presente. Que saudade dele, de quando podíamos ser também só ele e eu, e de quando éramos nós três. Três combinações possíveis. Sempre um sucesso.

Depois apareceu um vídeo da cachorrinha Bebel — que conseguimos colocar para adoção não sem antes eu me arrepender de ajudá-la, me sentir mal por pensar desse jeito e assim ter de aprender que não sou um grande admirador de cachorros: com algumas exceções, como a Liz, de quem às vezes sinto muita saudade.

Surge um vídeo do vento a sacudir uma árvore que gravei no sítio em Maricá. No fundo, céu azul. Era 29 de março de 2020, início do isolamento social por imposição da pandemia. Diante dessa memória, sinto:

Naqueles dias entendi que
não havia mesmo outro dia,
senão um
chamado esperança

e outro
chamado sonho.

Artista pode ser ativista. Mas está a arte na ação ou nas ideias e sensações?

A *performance* seria a arte da ação? Talvez esteja em tudo.

Mas nem toda arte é ativismo. E nem precisa ser. Por óbvio, o inverso também se aplica.

— É muito importante o que a gente recebe e o que a gente faz com o que recebe — disse a meu primo Ruan, numa conversa de áudio pelo Instagram.

Achei tão bonita a fala dele sobre ter herdado a habilidade do nosso avô com as plantas. Não vou conseguir repetir aqui o encanto que encontrei no que ele disse.

Está na voz dele, na mente soltando as palavras pela língua (me lembrei agora de você, Clarissa). Em seguida, ele disse que sabe da admiração minha e do nosso primo Thales pelas plantas, mas entende que é ele o herdeiro do fazer, do saber fazer, do querer e precisar fazer. E eu concordo com ele. Até minha avó reconheceu. Fico feliz que ele tenha ouvido isso dela.

Também achei curioso ele chamando o vô Matias de vô Duda. Eu morreria sem saber desse apelido. É uma informação inútil, mas quantas coisas precisam mesmo ser úteis para que nos toquem?

Senti-me como alguém que viaja no tempo e descobre algo sobre seu passado. Há muito lá atrás. Há muito certamente aqui, agora. E ainda existe o futuro. Como a vida é rica!

De que adianta declarar sentimentos que não encontram lugar? Talvez valha pela saúde de quem sente. Talvez pela beleza da arte. Ou pela vida. A vida nasce e às vezes morre, mas não pede licença para existir.

Nem sempre sou capaz de sonhar. E você, sonha?

Voltando para casa, com os pés úmidos dessa chuva prevista para durar até a próxima semana, pensei em você a quem dediquei este livro.

Será que você existe? Ou: será que já existe? Ainda pode existir? Tem também a possibilidade de você já ter existido e nós nunca termos nos encontrado. Então o desencontro será eterno. E esse diário escrito para você será apenas um amontoado de letras que um dia foram reunidas.

O som da TV ligada ao longe anuncia um mundo que não me toca, mas que se impõe sobre o agora. É um dedo, uma mão, um braço, uma perna que passa toda a viagem no ônibus até quase o ponto final a lhe tocar, e, quando vai embora, seu corpo sente o alívio e a falta.

Muitas vezes, como hoje, queria ser como meu amigo Hugo, que dormia a qualquer momento e em qualquer lugar. Podia ser uma festa, podia ser uma orgia, ele dormia, quando quisesse.

7 DE JANEIRO DE 2023

(1H18)

*Menosprezo para os meus sentimentos,
desprezo para as minhas ideias
intento e prazer nas demonstrações de menosprezo e desprezo.*

Será que estou sendo cruel e injusto? Dramático, como fui acusado. Só sei que é o que sinto e que dói, dói muito. Até rasgar.

Sigo em frente. Às vezes desejando que algo me pare e me traga paz ou o prazer que ficou ali perdido no chão, caindo no bueiro, pelo caminho.

(3H02)

O que preservar? A folha do belo e fértil tomateiro ou a lagarta que um dia poderá ser borboleta?

O tomateiro é o passado com seus frutos. A borboleta é a esperança de um futuro que talvez sucumba no presente junto ao tomateiro sem folhas. Talvez com uma simples pisada.

Quanto mais se alimenta a lagarta, mais o tomateiro vira só história.

(22H09)

Eu sou frio muitas vezes, e sofri por isso. É em português errado (nem sei), como errado é o cara que cantou assim e me trouxe até essa sentença que estava dentro de mim.

SÃO SEBASTIÃO DO RIO DE JANEIRO, 10 DE JANEIRO DE 2023

Eu já fui mais velho do que sou hoje.

Não que hoje seja mais jovem do que sou. Sou um homem às vésperas dos 39 anos.

Mas o que é ser um homem de 39 anos? Idade é uma ideia que muda com o tempo e o espaço.

Estimo que tinha por volta dos oitenta quando morri, há quase cinco anos.

"De um certo ponto em diante não há mais retorno" — Franz Kafka.

De uma publicação da Ana Suy no Instagram.

"Somos muito jovens para sermos tão velhos" — White Lotus, episódio seis, segunda temporada.

Sincronicidades?

11 DE JANEIRO DE 2023

"*Uma vida não examinada (ou seja, uma vida que não reflita sobre ela mesma) não vale a pena ser vivida*" — Contardo Caligaris citando Sócrates.

De um *story* do dr. Kleber Godoy no Instagram.

Pensei no meu avô Matias. Será que ele, analfabeto, trabalhando quase todo o tempo dos seus dias, tendo onze filhos, morando em Realengo e viajando para o Centro e a Zona Sul em condições muito piores do que as que enfrentei, teve a chance de examinar a sua vida?

Sei que, já bem idoso, cuidava do seu jardim e descansava numa cadeira de balanço fumando seu cachimbo.

Sim. Talvez ali ele tenha conseguido pensar em muitas coisas. Talvez mesmo antes.

Enquanto segurava aquele apoio — que lembrava uma corrente — num trem lotado com as portas quebradas, ele refletia sobre as escolhas que pôde fazer e sobre o mundo à sua volta.

Talvez tenha se emocionado profundamente e até deixado escorrer uma lágrima. Certamente sorriu sozinho, em meio àquele cheiro não sei de quê que os trens antigos soltavam (desconheço se era normal, em decorrência da alta temperatura dos pneus, ou causado por falta de manutenção).

Se a vida é uma grande ilusão, qual a razão que quero ter?

E como não perguntar: qual a razão que eu posso ter?

As circunstâncias. Elas impõem mais limites do que gostamos de admitir. Algumas mudam como mágica, outras precisam ser bravamente mudadas.

Uma foto no espelho antes de descer pela manhã para caminhar na praia me rendeu começar este fim de tarde ouvindo o álbum "Burguesia", de Cazuza. E me salvou da chuva.

Trovões lá fora, e eu aqui protegido. Estaria agora num apartamento sem energia elétrica, sem sofá e sem cama, vendo os relâmpagos em volta do Pão de Açúcar. Não seria de todo ruim. De novo, as circunstâncias.

Tão bom notar quando mesmo nossas piores alternativas não seriam tão ruins assim.

Mas como dizia Rita Lee agora há pouco num vídeo aleatório que me passou pelo Instagram: eu não sei nada, só gosto de fingir que sei.

Voltando para o episódio de *White Lotus* de ontem à noite, sei que estou vivendo o melhor momento da história da humanidade, ao menos até aqui. Sim, se você é uma pessoa que está lendo isto num futuro distante, desejo que viva em condições melhores do que as que eu vivo agora.

Imagina se eu precisasse ser amigo dos meus vizinhos e dos meus colegas de trabalho e somente deles. Eu não seria quem sou. Mas era assim no tempo dos meus avós.

Quando comprei meu primeiro computador, em 2002, abri um portal de possibilidades com o acesso à internet em casa. Encontros, acessos, experiências.

Parte dessa alegria eu registrei com o primeiro som que abre a videoarte *em fluxo*, que apresentei na exposição homônima que fiz no último ano... Exatos vinte anos depois desde quando tudo começou.

É também o melhor momento da minha história. Agora.

Engraçado que eu dizia a mesma coisa há uns quinze anos. Estou vivendo os dias mais felizes da minha vida. E na época eu dependia do 391, do trem (onde quase perdi um braço), tinha dores de cabeça todos os dias, vivia de favor na casa dos meus pais e raramente saía de casa pra me divertir. Coisas do passado.

Mas naquele tempo eu estava vivendo os dias mais felizes da minha vida, sacou? Talvez porque fosse o presente. Talvez porque havia sobrevivido contra todas as expectativas. Não pensava na morte. Acreditava no futuro. Tinha esperança no amor.

Num dia estamos lamentando a morte de alguém; noutro, que haja alguém a lamentar a nossa partida.

É certo que não vale viver a pena de agir para agradar os outros. Mas é bom quando também agradamos. Quando nossa passagem deixa bons frutos, boas histórias para as pessoas que nos receberam apesar da correria pela sobrevivência e pelo viver.

Esse mundo de gente que é tocada e que nos toca, que inspira amor, sonhos, que ensina, que faz a gente dar um sorriso, mesmo quando só na presença lembrada.

Eu lhe contei que ontem vi o arco-íris? Estava lá bem onde os aviões descem no Santos Dumont. Cheguei a colocar no *story*. A essa hora, já expirou.

Os táxis passavam aos montes lá embaixo. Com olhos de criança, gosto de observar aviões e táxis amarelos. As nuvens se dissipavam e formavam uma composição sobre o Pão de Açúcar que parecia desenho daqueles que a gente faz na primeira infância, ou sonho.

Apesar de todas as nossas falhas, o arco-íris ainda surge no céu.

A arte chegou ao fim. A história acabou. Você provavelmente já ouviu isso.

Então o que estou fazendo aqui? O que você está fazendo lendo isto? Tem alguém lendo este diário? Você sabe, volta e meia tenho que perguntar.

Na minha imaginação, você até gosta de ler o que escrevo. É interessante. De alguma forma, lhe diz ago. Diz também sobre você, sobre seus medos, suas angústias.

Às vezes se trata do que você não sente, então fica claro que somos muito diferentes. É o seu diferencial. Que bom encontrar alguém que pensa diferente da gente, mas que não precisa ir embora por isso.

12 DE JANEIRO DE 2023

"Para, nem tudo tem jeito. Às vezes o jeito é sustentar o encontro com o impossível" — de novo me deparando com esse texto da Ana Suy. Agora num *story* de um outro Thiago.

Sincronicidades?

Um único dia pode trazer tantas coisas boas, inclusive aquelas que a gente vai esquecer.

Os acessos de tosse continuam. E a Light promete dar trabalho para religar a luz.

Cachorros latem, e passarinhos cantam.

O céu está em branco.

SÃO SEBASTIÃO DO RIO DE JANEIRO, 12 DE JANEIRO DE 2023

Às vezes a gente brinca de eternidade sem saber. E até leva a sério. Às vezes demais.

Um dia para dizer que ama muito alguém (isso me lembra uma fala da Elis Regina que escutei esses dias). Um dia para começar a viver. Aquele dia que vai ser especial.

Ao mesmo tempo, a vida exige que a gente espere.

Precisamos desejar, precisamos esperar, precisamos lutar, precisamos dizer, precisamos silenciar, precisamos desistir. Precisamos aceitar que o fim pode ser antes.

Sentei neste banco para esperar a chave que esqueci e o Bruno foi buscar.

Mas olha só o poder da circunstância. Este lugar é tão bonito, tão gostoso. Esperar nos jardins de um palácio não é o mesmo que esperar na chuva um ônibus que não vem.

Quantos anos tem essa árvore? Quantas crianças ela viu se despedir e voltar com outras crianças?

Mudaram os penteados, as roupinhas. Estou tentando lembrar se essas de agora gritam mais que as outras. Não me lembro de ver tantos homens com elas. Costumavam vir só as mulheres. E vinham todas uniformizadas. O tempo. Mudanças.

O que são essas pedras que as pessoas tocam, botam no ouvido e falam sem parar?

— Ouvi dizer que as palmeiras que um dia não eram tão altas já viram até presidente — disse ela.

— Ah, e você já viu os patos transando?

— Vamos ver os patos um pouquinho? — disse um pai empurrando um carrinho.

"Quem tem menos medo de sofrer, tem maiores possibilidades de ser feliz" — Valter Hugo Mãe.

De uma declaração de amor de Mônica Benício para Bruna Magalhães.

Se bem identifiquei (não sei se você sabe, mas sou excelente fisionomista), tirei sem saber um retrato das duas.

A princípio, o que vi foram duas mulheres se beijando na rua, aqui pertinho de casa, logo depois de uma manifestação. Apontei a câmera sem enxergar muito bem, pois estava sem óculos escuros e a luz do sol era muito intensa. Quando peguei no celular para selecionar qual foto publicar, notei a semelhança com a Mônica Benício. Acabei não publicando não sei por quê.

Me lembrei daquela famosa fotografia de um marinheiro com uma enfermeira, acho que em frente à Times Square.

Desejo que a cena se torne tão comum que isso só diga o que diz: elas se querem bem. Que bom, né?

13 DE JANEIRO DE 2023

"*Aqui estou eu, mais que nunca uma mulher exposta, criadora encantada, fascinante, seduzida, abandonada, feliz, num estado de graça óbvio dos poetas*" — Angela Ro Ro numa entrevista para Eliana Ferrer no início da década de 1980, sobre o processo movido pela Zizi Possi contra ela após a separação das duas.

14 DE JANEIRO DE 2023

Em um *video release* do álbum "Meus Sonhos Dourados", Nara Leão conta que um dia saiu do cinema e dançou na chuva.

Eu ia contar aqui das vezes em que saí do cinema tomado pelo filme, ou quando dancei na chuva em Veneza. Mas talvez lhe conte outro dia, se você quiser ouvir. Acho que esse dia não vai chegar e eu preciso muito aceitar isso, então vou voltar para a Nara.

Pelo que se pode perceber a partir da sala, ela vivia num apartamento modesto, exceto pela paisagem lá fora. Nenhuma extravagância ou ostentação. Só o mar. A vista de que ela não abriu mão, a vista com a qual ela cresceu.

Vivo os dias mais felizes da minha vida, mas às vezes a tristeza força todas as barreiras para tomar os meus olhos.

Uma pergunta: a tristeza vem de fora ou vem de dentro?

— Você pretende voltar ao Rio?

— Hoje não. Mas sei que um dia vou querer.

Essa foi minha resposta nos primeiros dois anos que vivi em São Paulo.

Estava muito contente com o sobrado que tinha acabado de alugar. Havia espaço para o meu ateliê, para as plantinhas que foram tomando conta de tudo, para os gatos que tomavam banho de sol no quintal, e eu adorava trabalhar com o que eu trabalhava (fazia edição e câmera numa seção de telejornalismo de um órgão público).

— Ele tem o trabalho dos sonhos — disse um colega da pós em Cinema ao me apresentar durante um almoço.

Fiquei muito surpreso, já que ele era diretor de comerciais. Por sinal, muito bem-sucedido no meio.

Se bem que estávamos num domingo, ele tinha começado antes das 5h da manhã e seguiria até depois das 21h. A assistente de direção dele me contou mais detalhes sobre a rotina, e eu pensei: Ufa! Um dia esse foi meu sonho. Que bom que tenho outros!

Que as pessoas que amo se sintam amadas
mesmo no dia em que eu morrer,
mesmo nos dias em que eu não for legal
(tantos dias),
em que eu for incapaz,
em que eu não for paciente,
em que eu for ausente —
por necessidade ou por escolha.
Sei que parte disso é responsabilidade minha,
sei também que está além de mim
e que você pode até não se importar com nada disso.
O amor não tem mesmo razão:
a gente é que precisa de amar.

Trecho de um livro que um dia talvez eu escreva, mas que já comecei. Aqui.

Reflexões a partir de uma entrevista de Elis Regina.

O reencontro há alguns dias com ela, cabeça baixa, *super close*, preto e branco, me tocou de um modo diferente do da primeira vez. Fiquei matutando.

15 DE JANEIRO DE 2023

Vivo mutante
só não vou mudar quando morrer
ainda assim você vai se lembrar de mim
vai sorrir, vai chorar, vai esquecer.

Estou há dias ouvindo, cantando e dançando com Rita Lee. Mutante.
Não a gravação original, mas uma versão eletrônica de Gui Boratto.

Voltei da praia. A lua mudou, o mar revirou e o que é mesmo que eu queria escrever enquanto mergulhava naquelas ondas?
Pensei naquela música, ouvia quase todo o tempo na minha cabeça, tal como agora. Ainda danço e mergulho — no fundo sempre sozinho, seguindo o meu caminho.

Um ciclo terminou para que outro comece.

A receita nunca é igual, nem pra gente o tempo todo.

"Vem de muito longe
esse agora
isso de estar aqui
não é de hoje"
— André Oviedo

Coisas que recebi pela Abhiyana e que encontraram em mim tanto sentido — de dentro.

16 DE JANEIRO DE 2023

O príncipe, que não é o de Maquiavel (que até hoje não terminei de ler), nem o pequeno (adorava o desenho, *mes amis*), lançou uma biografia escrita por um *ghostwriter*.

A primeira pergunta que me fiz foi: com toda a educação a que ele teve acesso, não seria capaz de escrever sozinho?

Outra pergunta é: por que eu continuo escrevendo já que o interesse da indústria cultural está nas confissões do príncipe?

Temos a mesma idade, e minha mãe já foi comparada à mãe dele. Há mais alguma coisa em comum?

Ah, lembrei. Continuo escrevendo porque preciso. Caso contrário, estas palavras que digito neste celular me engoliriam por dentro.

Não importa se ninguém vai ler. Vai ser legal se alguém ler. Pode até ser muito bom se alguém ler. Tocar uma outra pessoa é um privilégio (pode ser uma desgraça também).

Mas é óbvio que desperta mais interesse saber fofocas sobre a família real britânica; ou curiosidades, como que o pinto dele congelou. Pois é, ficou mais que duro. Passou na Globo News isso.

Não é que eu não possa contar histórias esdrúxulas. Mas o que importa é que o pinto é dele, o pinto real.

Se tivéssemos sido trocados na maternidade, você talvez se interessasse mais pelo que escrevo. Embora eu ache que não. Você não me parece ser disso. Digo: do tipo que se interessa pelo pinto real porque é o pinto real. Peço desculpas por fazer essa afirmação. Só não posso garantir que nunca mais vou cometer o mesmo erro. É que não aprendi direito a mentir — o que não é necessariamente uma virtude.

17 DE JANEIRO DE 2023

Pois é, desde quando o *homo sapiens* começou a escrever é possível não apenas lembrar (como acontece na fala), mas voltar no tempo. Inclusive ouvindo histórias diretamente de quem já morreu há séculos, milênios.

Com o livro, podemos viajar ao futuro e ao passado ao toque das folhas. E assim segue o próximo registro escrito depois da visita da Alessandra e da Maria Fernanda à minha exposição *em fluxo*.

4 DE SETEMBRO DE 2022

Do digital ao físico. Seria esse o caminho da contemporaneidade?

Nossa TV passou do analógico para o digital. Assim como o cinema.

E, ainda que você seja um grande colecionador de discos de vinil, a maior parte do tempo é bem provável que seja música em formato digital que você ouve.

Mesmo as relações de trabalho e do ambiente escolar estão acontecendo cada vez mais no meio virtual.

Mas e aquelas que a gente escolheu ter/manter? Os amigos, os *crushes*, os contatinhos...

Melhor concentrar a conversa nos amigos, né?

Falo daqueles que, embora você nunca tenha visto pessoalmente, se sinta bem lhes dizendo coisas desconfortáveis, como responder um "tudo bem?" com uma verdade incômoda.

Ou daqueles para quem você diz que está contente, e a pessoa fica contente com você.

De alguns sobre quem você pode até dizer: "Já nos conhecemos há anos".

Amigos.

Desses amigos virtuais, tem algum que você deseja poder abraçar? E do qual deseja sentir o cheiro?

Hoje, respondendo a uma pergunta sobre minhas obras, cheguei a este diálogo:

— Gosto de trazer o digital para o físico. Como amigos virtuais que a gente encontra pessoalmente.

— Mas é um caminho da contemporaneidade. Virtual, depois real.

E não é que tem sido mesmo esse o caminho? A caminhada... (alguém se lembra de *Chamada em Caminhada*?).

Não sei você, mas é raro eu conhecer alguém primeiro no que chamamos "real".

Desde os meus dezoito anos (2002), quando comprei meu primeiro computador, quase todas as minhas relações começaram no digital.

Talvez por isso faça mesmo muito sentido para mim criar inteiramente no digital e depois materializar as obras em tecido, papel, adesivo... em pequenos e em grandes formatos.

Como os amigos que tenho me dedicado a encontrar pessoalmente pela primeira vez após anos de relacionamento.

Existe em mim um desejo de materializar, de sentir com a própria pele, de estar presente no mesmo lugar, no mesmo instante.

E você?

É claro que esta conversa poderia continuar, mas o que levaria menos de dois minutos no "real" já é um textão no Instagram.

Aos que estiverem dispostos, aos que estiverem no Rio, convido-os a conhecer pessoalmente minhas obras que estão na galeria Bibliotheca, em Santa Teresa.

Só agendar a visita comigo mesmo.

;)

(23H36)

Hoje deixei os planos em espera. Não adiantava mesmo fazer nada. E vivi o que tinha pelo caminho.

Enquanto nadava, sabia que não seria capaz de descrever as cenas que presenciei e as sensações que tive. Mas sabia que precisava dizer. E assim essa memória será imaginação como todas as outras.

18 DE JANEIRO DE 2023

(00H33)

Eu ia dizer hoje, mas já é ontem. Tive uma sensação, que não sei descrever, quando vi uma bebê chamada Nara.
Lembrei que, quando criança, dizia que teria uma filha chamada Nara. Na verdade, trigêmeas: Nara, Lara e Dara. Já desejei muito ser pai. Talvez fosse o passado que não aconteceu e me trouxe essa sensação. Em uma realidade paralela, talvez a Nara seja mais uma pessoa a sorrir e a chorar.

(1H22)

Sonhei com lobos. Sentia muito medo deles. Acho que eu era criança e era levado constantemente de um lado para o outro. Mas os lobos sempre surgiam de novo onde eu estivesse.

19 DE JANEIRO DE 2023

O cantinho *over the rainbow*. Apelido que a Clarissa deu para este lugar. Será meu lar? Meu segundo? Meu primeiro? Enfim, um ateliê?

20 DE JANEIRO DE 2023

Feriado em São Sebastião do Rio de Janeiro.
Corri 4 km na beira do mar ouvindo uma *playlist* chamada "Okê Arô Oxóssi". Depois mergulhei.
Começa uma manhã de mar-piscina e águas verdes.

(10H22)

Músicas também podem deixá-lo bêbado.
Dancei no chuveiro inebriado por "Flerte Revival", de Letrux. Terá sido possessão?
Hoje o Bruno está preparando peixe, o meu favorito: congro-rosa.

SÃO SEBASTIÃO DO RIO JANEIRO, 20 DE JANEIRO DE 2023

(17H13)

Ouvindo o áudio da Clarissa.
"Objetivo é coisa do capitalismo. Sonho é anárquico, revolucionário." — Clarissa Sanches Croisfelt

---

Hoje assisti a *Molière*, no Teatro Riachuelo. Ser artista nunca foi fácil. Mesmo para os que receberam atenção em vida. Talvez sejamos nós que complicamos tudo, sentindo demais a alegria e a dor que é viver. Mas quem disse que todo artista é assim?

21 DE JANEIRO DE 2023

(7H04)

Esperando as coxinhas ficarem prontas. Aproveitar a trégua da chuva para sair e correr. Me lembrei do disco do Chico que tinha separado para ouvir "Lígia" e resolvi tocar o lado todo.

A primeira faixa é "Quando o carnaval chegar". Me lembrei do Hugo.

Não que precise de motivos externos para me lembrar do meu amigo, mas acho que vem de duas obras que fiz no mesmo período. A primeira, *Conversas oníricas nos são permitidas* — dedicada pessoalmente a ele, por conta de um sonho que me relatou no qual conversávamos mesmo quando isso era proibido (por motivações religiosas) —; a segunda, uma pintura (desaparecida quando me mudei em 2012) a qual atribuí o nome *Quando o carnaval chegou*.

A segunda se distinguia em muito do que eu estava pintando. A maioria tinha tons sombrios e gestos bem raivosos, pesados como a minha vida no tempo em que comecei a pintar (2004).

E não é que o carnaval chegou à minha vida? Não só no sentido literal — em 2020 eu me senti pela primeira vez pulando carnaval, inclusive assistindo ao desfile das campeãs no camarote da Portela, e ano passado eu estava lá na avenida representando a Paraíso do Tuiuti —, mas principalmente no simbólico.

Esses instantes de fantasia, me permitir sonhar...

As coxinhas são feitas com massa de batata-doce. O que muito me ajuda a correr. Acho surpreendente como são gostosas (eu odeio batata-doce).

O Bruno, que acabou de passar pela praia, mandou uma mensagem dizendo que o mar parece muito calmo.

22 DE JANEIRO DE 2023

Segui a minha rotina dos últimos dias. Acordei 6h30, comi cereais e iogurte (fica melhor ainda com banana e uvas).

Antes, é claro, bebi muita água, o que faço desde meus oito anos, talvez minha rotina fixa mais antiga. Depois saí para correr.

Hoje foram 6 km. Estou voltando devagar, mas os planos são ambiciosos. Entre tantos sonhos de criança, quando via toda aquela gente pela TV, também sonhava em correr a São Silvestre. Será que vou realizá-lo?

Toda essa história porque queria escrever sobre o que está acontecendo agora.

Venho à praia, a maior parte das vezes, sozinho. Obviamente, o Bruno é a companhia de maior constância, mas agora ele está descansando.

Costumo ficar no mar o tempo todo. Mergulhando, nadando, boiando... a não ser quando venho correr.

Desde a última vez que levaram os meus, não trago mais chinelos. Venho observando o chão com cuidado para não pisar numa poça de mijo ou numa bosta de cachorro. Material farto por aqui, dada a alta densidade demográfica da população canina.

Desta vez vim encontrar amigos. Então trouxe guarda-sol, cadeira, água. Agora a Alana está com a Marina, e a Amanda com o Felipe. Todos no mar.

Comecei a observar os sorrisos, os corpos relaxados, as mãos se encontrando em afeto e cuidado. Como é bom presenciar as pessoas em estado de alegria.

Os adultos, principalmente os homens cis, brincam como criança. A praia é um dos poucos lugares públicos onde podemos assistir a esse acontecimento.

Por que associamos a criança à alegria e o adulto à seriedade e à frustração? Quem disse que criança não tem tristeza? A tristeza está em toda parte da vida. Não duvide se eu lhe disser que hoje sinto mais alegria, que sorrio mais, que brinco mais, do que na infância. E não, meus pais não são culpados por isso.

23 DE JANEIRO DE 2023

Usei meu fetiche com o Pão de Açúcar para ficar bem.

Acho perverso como essa palavra costuma aparecer com seu sentido limitado ao campo sexual. Talvez para que a gente não tome consciência dos tantos fetiches que cultivamos e dos tantos que precisamos inventar para viver.

Qual a música no fone de ouvido dele? Por aqui toca "porque cantar parece com não morrer"... Sem aparelhos, sem fones.

O que você acha de TV no *self-service*?

"Morte no BRT", "Bebê nascido no ônibus" são as manchetes da vez.

Alguém sabe dizer por que todas as notícias parecem se concentrar na Taquara?

Para quem não conhece, a Taquara fica na Zona Oeste do Rio de Janeiro. É onde fica a antiga colônia na qual Bispo do Rosário era internado e, portanto, produziu muitas de suas obras (ou todas as que conhecemos?). Mesmo tendo morado no bairro e ido de bicicleta algumas vezes bem pertinho, nunca entrei no museu. O bairro também é vizinho da Central Globo de Produções.

Meu apartamento foi meu primeiro paraíso. Entre outros de que fui expulso, embora desse eu tenha saído para que ele continuasse existindo, ainda que sem a minha presença.

Me esqueci de botar o azeite no prato.

A mulher do lado é uma *doppelgänger* da tia Nilza?

24 DE JANEIRO DE 2023

Não sei se conto pra você como foi na praia, se falo sobre a forma dramática como o Cristo Redentor está quase todo coberto de nuvens, ou sobre o fato de hoje ser um dia de despedida.

Peguei o ônibus. Não consegui sentar do lado de onde se vê o Pão de Açúcar, mas logo chegarei em casa, abrirei a janela, e a mágica há de acontecer.

A despedida aconteceu. Buscando as fotos, vi que faz mais tempo do que eu imaginava desde quando nos encontramos pessoalmente, e ele, entre risos e choros, levou uma foto nossa que pendurou na cama pertinho dele para todo mundo ver. Achei que fôssemos ter mais um encontro hoje, mas não deu tempo. Quem disse que daria tempo?

Hoje eu preciso agradecer,
agradecer por conhecer essa pessoa que sabia chorar e sorrir como ninguém,
esse terceiro avô que a vida me permitiu ter.
Obrigado, Nelson! Nelsinho, cabecinha branca;
você partiu, partiu também nosso coração,
mas, mais que partir,
você deixou um legado de amor em cada coração que tocou.
Muito obrigado pela sua existência!

Nelson fez história. Entre muitas que fez, teve filhos, netos e bisnetos em seu primeiro casamento; nasceu num 29 de fevereiro, há quase 91 anos, na Paraíba, onde foi amigo de infância da minha avó Josefa. Separados pelas circunstâncias da vida por mais de cinco décadas, se reencontraram já idosos, tornando-se grandes companheiros. O amor venceu também ali.

Até mais, Nelsinho!

Hoje voltei a ler. Também comprei dois pincéis. Pretendo começar pintando a poltrona que minha mãe me deu e que um dia deu para minha avó, que depois deu para ela de volta quando pensou em se mudar — e depois voltou para o Rio e daqui só saiu por amor a você, Nelson. Lá acabou partindo, tendo deixado Nossa Senhora Aparecida guardando seu lar, aqui, no Rio de Janeiro.

Não foi ninguém que me contou, senão ela mesma, logo que saiu da UTI e já fazia planos para a vida. Minha avó me ensinou ali que é preciso sonhar. Mesmo que a gente não tenha tempo para realizar. Que a morte chegue e nos encontre acompanhados de sonhos.

Estava ouvindo no Spotify as canções de um amigo músico. Desejei que tivesse novas. Embora me pareça que sempre voltarei algum dia para essas, como fiz ontem. Acabei não falando nada sobre o assunto (timidez, talvez).

Você acredita que ele me mandou uma nova hoje? Achei tão bonita. A mágica da resposta. A mágica na música. Sua música tem magia, quase sempre.

O elo mais universal entre dois seres que nunca irão se encontrar — seja pela distância ou pelo desencontro de eras, como eu tantas vezes reencontro Nara Leão — talvez seja mesmo a música.

Preciso atualizar meu site e fazer o contato. Contatos. Contratos.

Visitei a Nisete.
Ela pintou um díptico no hospital. Cada tela tem 27 x 30 cm. O Bruno comprou e trouxemos hoje para o apartamento no Leme. São lindas (claro).
Os pincéis estavam sob o sofá super limpos, como é típico dela. E já havia mais telas em branco.
Nisete contou que teve de usar luvas para pintar e assim não sujar os lençóis.
No chão do quarto, uma pequena mancha de tinta azul, provavelmente da mesma que está na tela. Se ela soubesse (e pudesse), já teria levantado e esfregado cinquenta mil vezes para tirar aquela mancha.

Na rádio, Marisa canta "a dor é de quem tem".

Conteúdo autocensurado.

25 DE JANEIRO DE 2023

Finalmente vim tomar a segunda dose da vacina contra a Hepatite B. A senhora que atende aqui no posto me confirmou que o esquema vacinal não foi interrompido (a indicação era para eu vir na primeira semana do mês).

Na minha frente, um cara que veio tomar contra a covid-19. Será que demorou a se vacinar contagiado pelas *fake news* e a campanha antivacina do ex-presidente? Antes tarde do que nunca — para mim e para ele, né?

Edmo, cadê você? Edmo sumiu. Era a vez dele.

Eu não vou mentir para você. Existem tantas coisas que eu não posso dizer. Outras que eu não quero dizer. Muitas que eu não sei dizer, e aquelas que sei que existem mas as desconheço inteiramente.

Por que não falamos também sobre você? O que tem a dizer sobre você?

Vim pegar água no bebedouro do jardim.

Ouvi os funcionários da limpeza dizendo que o cinema fechou de novo.

No banco, perto da palavra "Transbordar" — ou estou lembrando errado? —, uma senhora, por volta dos oitenta anos, lia *Ideias para adiar o fim do mundo*, do Ailton Krenak. Como dizer? Aprendi, refleti, senti muito com esse livro. Trago-o aqui, um pedacinho, digerido na minha memória.

Na gruta, uma babá sentada com duas crianças. Digo uma babá, pois estava com uniforme de babá. Falava alguma coisa ao telefone, ficou atenta enquanto eu tirava uma foto da espada de São Jorge com as palavras de Márcio de Carvalho.

Enquanto o pintor cobre de branco as paredes cor de bege aqui do apartamento, a nuvem oculta a ponta do Pão de Açúcar.

26 DE JANEIRO DE 2023

Aqui. O meu lugar.

Ter o seu lugar é como ter amor.

Não tentem me tirar daqui. Antes de cair, vou derrubar vocês. Ou a gente cai junto.

O privilégio de limpar a minha bunda só será um privilégio se e somente se um dia eu estiver entrevado numa cama.

E não adianta se lambuzar com o prazer de dominar quando eu estiver morto. Será apenas um defunto. Não estarei lá.

No Twitter, um enfermeiro afirma que os casos de sífilis estão explodindo em Florianópolis. Os tuítes seguintes são de notícias do mesmo acontecimento por todos os lugares, inclusive de uma super gonorreia identificada nos EUA. É claro que eu não sou contra métodos de prevenção, inclusive faço uso deles; mas, com medo de viver, será que vivemos mais?

27 DE JANEIRO DE 2023

(16H51)

    A ameaça é constante. Qual conquista é para sempre? Existe "para sempre"?
    O que ontem parecia uma solução, hoje é perda.
    Ontem eu estava doente, e a única coisa que encontrei foi desistir. Hoje eu choro, mas continuo sorrindo. Tenho forças para lutar e vou lutar. Estou lutando.

28 DE JANEIRO DE 2023

(5H52)

A Jessica, que estudou comigo no Adolpho Bloch e que está com sua bateria na trilha do meu primeiro documentário, compartilhou o trailer de *When You're Strange*, com lançamento previsto para 1° de fevereiro num canal de TV.

"People Are Strange" me ajudou a entender que eu podia ser eu, estranho. Que não precisava ter vergonha ou medo de parecer estranho para as pessoas à minha volta.

Eu tinha uns 16, 17 anos quando ouvi incessantemente um CD do The Doors que o Zé me emprestou. Não entendia nada de inglês, mas o sentido que encontrei foi o suficiente para mim. E hoje me lembrar dessa música me dá força para seguir.

Mais uma sincronicidade. Mensagem do universo ou de mim para mim mesmo?

O que sei é que podem tentar me dobrar o tanto que for, mas eu não vou quebrar. Eu sou estranho mesmo.

Afinal, o que é importante para mim não faz nenhum sentido para eles, e nem precisa fazer: eu sou eu e insisto nessa porra até o fim.

Vai correr, Thiago!

(6H55)

Estou na praia. Mas a cabeça tem pororocas.
Ser feliz é estranho.

Se você está tentando desesperadamente se convencer de que a grande merda que fez com a sua vida é a coisa certa (vivendo para trabalhar, por exemplo), será estranho alguém que se recuse a fazer o mesmo.

(ao som de The Doors)

Enquanto corro, a Pedra da Gávea parece iluminada com esplendor. Como no teatro, a luz se move para o Morro Dois Irmãos.

Hoje não vi o cara do bambolê. Quase a semana inteira, eu passava e lá estava ele com fones de ouvido, corpo bronzeado e mexendo a cintura sem parar.

Também não vi o homem que fica deitado movendo as pernas para cima e para os lados. Qual o nome desse movimento? Deve ter um nome isso. Eu que sou ignorante.

Tem ainda o que passa correndo sorrindo quase todo o tempo. Do que ele ri? Será que é do que ouve no fone ou da gente na praia?

Deve ter acontecido alguma corrida por aqui. Duas mulheres pararam do meu lado, e uma tirou a foto da outra, orgulhosas com suas medalhas.

Deixei o fone, o celular e o chinelo com as duas senhoras que moram em Botafogo. Elas estão sempre aqui nesse horário. Adotei mãe e filha (o que imagino que sejam) como as pessoas que gentilmente guardam as minhas coisas. Mergulhei.

SÃO SEBASTIÃO DO RIO DE JANEIRO, 29 DE JANEIRO DE 2023

(5H17)

As lágrimas duras. Desabei. Para dentro. As palavras estão dentro de mim.
Um bolo de chocolate.
Está doendo muito.

(22H48)

Thiagos de todos os tempos se acumularam no mesmo corpo. Atentos, apaixonados, incrédulos, devotos, em espanto. Juntos para assistir pela primeira vez ao show do Chico Buarque.
Teve um aqui que se identificou mais com esta canção, outro mais com aquela.
Num presente volátil, eu em passagem recebi a bênção, a força e a companhia de toda essa gente de diversos tempos.

30 DE JANEIRO DE 2023

"Limpando a mente. Boa tarde." — Foto sorrindo na academia. Quinze dias depois, um comunicado de falecimento. Nem sempre a morte bate na porta ou avisa na portaria que vai subir.

Não o conhecia. Nunca nos seguimos. Vi enquanto rolava o *feed*. Um amigo em comum.

Eu sou usuário de drogas (pode me julgar, mas duvido que você também não seja).

Ontem mesmo consumi uma alta dose de açúcar num bolo de chocolate. Estou tomando consciência agora de que isso se repetiu ao longo de toda a última semana. Ansiedade?

Abri a geladeira e ingeri quatro colheres grandes e vultosas de um doce de leite caseiro que o Bruno fez. E o sorvete?

Também poderia falar da pornografia, mas aí eu precisaria (preciso?) defender que ela também pode ser arte, e não temos como entrar nesse assunto agora.

Sobretudo há uma dependência que faz um tempo venho notando, mas sem conseguir dizer.

Eu sou dependente do Rio de Janeiro. O Rio clichê, aquele do cartão-postal com sol, céu azul, praia, Cristo Redentor, mulheres de biquíni fio-dental e homens de sunga, Pão de Açúcar. Ah, e a praia tem de ser do Leme. Não me chame pra Ipanema.

Você pode dizer que estou exagerando, e longe de mim contestar. É de fato um exagero depender tanto de ver os bondinhos subindo e descendo, de parar pra ver o avião saindo do Santos Dumont ou atravessando as montanhas como numa penetração gostosa em um *gang bang*.

Juro, quando saí daqui eu não era assim. Uma vez até chorei em Copacabana. E não foi de alegria. Aquelas calçadas desenhadas em pedras portuguesas diziam com precisão que eu não devia estar ali.

Um belo dia começamos a conversar e aqui estamos. Rio, sou teu.

Como dizer à garganta que não há sede?

Não adianta oferecer bolo de chocolate, joelho de queijo com presunto, coxinha de frango, um copo de cerveja ou de espumante. Todos podem me contentar. Serei mesmo grato a quem me servir um alto, e ao ponto, bife de *chorizo*, mas nada poderá aplacar essa sede de água.

Você pode imaginar do que estou falando ou preciso ser claro e objetivo? Verdade, a figura de linguagem parece ordinária. Mas quem tem sede, seja lá do que for, saberá o que estou dizendo.

A não ser que a água caia do céu, sigo em frente pelo deserto. E quem sabe aprenderei a saciar a sede com filé-mignon.

Já pensou que, quando as pessoas pedem: "acaba logo, janeiro", "acaba logo, 2023", elas estão pedindo para não viver?

Não que elas vão morrer esse ano — não sabemos, graças a Deus! —, mas elas vão viver mortas.

Não adianta chamar o filme do Adam Sandler de clichê se você não aceita o ululante óbvio. *Click. Click. Click.*

Tempo é vida. E vida é oportunidade de mudar e de usufruir.

Mas, se quiser, pode reclamar. Não sou eu o cagador de regras não. É só um toque (gosto dessa expressão, faz tempo que não ouço ninguém dizer).

Servi um pouco de água no bebedouro do jardim do Museu da República. Ufa! O banco na sombra vagou. Meu pé esquerdo está pegando fogo. Verão no Rio de Janeiro, né?

Esperar razoabilidade das pessoas definitivamente não é uma atitude razoável.

1º DE FEVEREIRO DE 2023

O Rio de Janeiro continua comigo.

A pedra cresce em meu peito, mas mudo de calçada para seguir pelo jardim e acho bonito grandes amores.

— Tem quantas pessoas aí dentro?
Logo depois que saí do elevador, começaram os alarmes.
— Só um momentinho, que já vão fazer o procedimento.
— Oi, você tá sozinho? Calma, amigo, calma que já foram buscar ajuda.
O alarme não para.
A recepção do centro de diagnósticos está vazia. Por que será que me fizeram esperar um mês para o agendamento do exame? Na TV falam do perigo do *vape*.
— Thiago!
O resultado dos raios x está previsto para o dia 7, a partir das 8h, avisou a moça.
Olhei para ela e lembrei que um dia pensei que essa seria a minha chance.
— Trabalha menos dias na semana por causa do risco que tem e ganha bem. Mas precisa fazer um curso que é muito caro.
Só sei que era ainda criança quando comecei a observar aquelas pessoas com atenção.
Uma ex-namorada chegou a dizer que queria muito exercer essa profissão. Inclusive acho que o ex-noivo dela era técnico em

raios x. Ele tinha carro, e eu poderia aproveitar a deixa para lhe contar uma história de mentiras e traições que parecem saídas de uma novela das nove, mas prefiro tentar lembrar o que me motivou a começar a escrever para você.

Da primeira vez que saí da estação Saens Peña, peguei o caminho errado e acabei me perdendo. A Branca havia me dito que eu devia ir para a direita, mas era para a direita de uma outra saída.

Branquinha foi minha primeira colega de trabalho. Tinha uns 36 anos (a mesma idade dos meus pais na época) e eu 18.

Foi ela quem me ensinou a usar o CorelDRAW, de quando a Hedy Lamarr aparecia na tela inicial do Corel (lembra disso?). Éramos só ela, eu e o patrão. Eu gostava do trabalho, até que pedi um aumento, quando caiu a minha ficha do quanto eu era desvalorizado pelo patrão.

Muitos anos levariam até entender que, para qualquer empresa, somos apenas números.

Se você conhece uma experiência diferente dessa, fico feliz por você. Ser respeitado como profissional e reconhecido como uma pessoa dentro de uma organização está fora do meu repertório.

"Te amo, te amo, te amo, tchau, tchau, tchau, tchau."

Lá eu trabalhava como contínuo, assistente de designer e professor de informática para crianças e adolescentes. Recebia duzentos reais, mais o que eu deveria pagar de INSS — óbvio que, enquanto estava lá, nunca paguei o INSS.

Todo o dinheiro ia para a prestação do meu computador, feita com cheque emprestado do meu pai. Esse foi meu grande investimento na época. Ter um computador em casa com acesso à internet.

Se você viveu essa época, sabe que os internautas só surfavam a partir da meia-noite, aos feriados e aos sábados depois das 14h até domingo, ou até que seus pais precisassem fazer uma ligação (ou porque eles queriam mesmo derrubar sua conexão).

Logo fiquei viciado em internet. Cheguei a ter o que hoje me parece uma crise de ansiedade (chorei e tudo) numa das vezes em que a conta venceu e a Telemar cortou o serviço de telefone. Parece que eu já tinha entendido que lá estava a minha chance. Sobreviver ou viver?

Next stop: Catete.

Quando fico tenso, papel e caneta me ajudam. Rabisquei uma folha inteira do caderninho azul. Não é uma obra abstrata.

2 DE FEVEREIRO DE 2023

Na tensão do que aconteceu ontem — desculpa, mas por diversos motivos não posso contar pra você o que houve por aqui —, deixei meus documentos em casa e com eles meu RioCard.

O Bruno ofereceu me dar uma carona, mas teria de acordar meu sobrinho que veio passar os últimos dias de férias conosco no Leme.

Mas quem estou enganando? Eu estou cansado. Quem precisa ligar o alerta constantemente sabe que é exaustivo.

Hipocrisia é outra coisa muito cansativa. A vida de muita gente está entregue nas mãos dela. Não conseguem existir sem o conforto que a hipocrisia lhes oferece. Meu rompimento com essa velha senhora foi há muitos anos. E não me arrependo.

Tirei vinte reais no banco e peguei o ônibus. Mas, veja só, o lugar onde gosto de sentar (do lado da janela e com vista para o Pão de Açúcar) estava vazio e agora já estou chegando.

É claro que eu pensei em pegar um Uber, mas, com esse monte de cancelamento, cadê o carro?

Levanto do banco do ônibus, vou até a porta esperando o motorista abrir e me deparo com um presente. Dentre outras palavras, foi um ato tão bonito e vindo de alguém que nunca e provavelmente nunca mais verei. Saí rindo e estou ainda a rir diante daquele instante.

Se eu posso contar o que houve? Olha, eu confio que você tem imaginação mais que suficiente pra isso. Não?

É maravilhoso quando a vida lhe diz que é mais do que gente infeliz tentando foder você. Tem gente feliz querendo foder você também (me entenda como quiser).

Não sei se já contei pra você, mas não quero saber do futuro, exceto quando ele for o presente. Vivendo...

Se ontem era o Chico, hoje foi Elis Regina quem surgiu cantando na minha cabeça (e agora na Alexa).

Se eu nascesse assim pra lua não estaria trabalhando.

É verdade, não se pode esquecer que quem tem amigo cachorro quer sarna para se coçar.

Enfim, como disse Glória Maria, ninguém vai no caixão no meu lugar.

Almocei no mesmo restaurante que descobri há poucos dias. É um *self-service* de teto baixo e TV ligada, mas com uma comidinha bem honesta e caprichada.

Ainda assim, hoje eles conseguiram me surpreender. O arroz com ervas estava uma delícia! No meu tosco paladar, eu diria até que lembrou um gosto de culinária francesa, embora eu só tenha experimentado as de supermercado (que podem ser bem gostosas, pode crer).

A sugestão do chef era me servir o arroz com chester, mas peguei um salmão, acompanhado de salada e muito azeite. De lamber os beiços!

Na hora de pagar sobre um balcão cheio de tortas à vista, resisti, *pero no mucho*. Acabei caminhando até o prédio do Cinema São Luiz e comprando lá a torta de chocolate que estava ontem comendo com os olhos. Na verdade, a mais parecida, afinal muitos quilômetros de distância me separam daquela que eu desejei.

No caminho também comprei, numa barraca de sebo, vários livros de uma coleção bonita toda em capa azul, um DVD do filme *Cinema Paradiso* (eu sei, clichê para um cineasta) e vários discos, um deles com música de Ary Barroso e ninguém menos que Nara Leão cantando "Camisa Amarela" (a música que nos apresentou um ao outro).

A importância de saber se dar presentes.

De novo nesse banco. Da última vez acreditei que não precisaria mais. Às vezes eu sou ingênuo.

Mas tem como seguir a vida com alguma paz sem confiar nas pessoas ao menos de vez em quando?

Não seja injusto, Thiago. Tem essas que estavam pouco se fodendo para quanto afetariam a sua vida e a dos outros ao tomarem decisões por meros caprichos, sem quaisquer critérios profissionais — nem vale a pena você se perguntar o quanto algumas sentem prazer nisso —, tem as que não fizeram nada para ajudar porque não puderam e as que fizeram o que puderam.

Agora mesmo, esse lugar onde você está sentado, sabemos que você só chegou nele porque teve quem acreditou em você.

5 DE FEVEREIRO DE 2023

— A criatividade não se vende. Disse isso mil vezes nas exposições. É a obra que está à venda — Nisete Sampaio em meio a muitas conversas no dia de seu octogésimo quinto aniversário.

6 DE FEVEREIRO DE 2023

Hora do almoço e a TV do *self-service* providencialmente ligada nas notícias. Lembre-se: esteja sempre alerta. Alerta e obediente.

Tiroteio na Vila Kennedy. Homem foi baleado na troca de tiros entre policiais e bandidos.

Será que foi ele?

Vila Kennedy é um bairro na Zona Oeste, onde você encontra uma réplica da Estátua da Liberdade no centro de uma praça. Embora mais antiga, e um protótipo da original assinada pelo próprio artista que idealizou a que fica em Nova Iorque, é menos conhecida que aquela localizada na tediosa Barra da Tijuca.

Estava passando pela Avenida Brasil com o meu pai voltando da entrega de vassouras, com o carro (óbvio) cheio de vassouras, quando vi a Estátua da Liberdade.

Sim, eu era uma criança americanizada e fiquei empolgadíssimo. Na minha imaginação fértil, mas pé no chão, era o mais perto que eu podia chegar daquele ícone da cidade que me fazia sonhar (preciso falar do Kevin?).

Outra coisa, porém, passou pela minha cabeça; não me peça explicações. Eu também não tenho todas as respostas (alguém tem?). Algo me dizia que seria importante saber o nome daquele lugar, um dia eu teria um amigo dali. Por isso perguntei ao meu pai e tentei não me esquecer. Vila Kennedy. Um dia eu teria um amigo da Vila Kennedy.

Se você pensou que eu vou dizer que isso aconteceu, você acertou!

Alguns anos depois, em 1997, contra toda probabilidade, fiz um amigo no primeiro dia de aula. Com o passar do tempo e a amizade que parecia para sempre, tomei uma decisão (que, para um garoto de treze anos, era, sim, grande coisa).

Da minha casa até a dele, a viagem era longa, mas eu sentia que não podia deixar de ir. Assim, em vez de descer no meu ponto, continuei com ele no 784. E quem eu vejo quando chegamos lá?

De imediato reconheci a estátua e contei a história pra ele. Se ele acreditou, não sei. O que sei é que os pais dele estranharam muito que um colega tenha vindo de tão longe (em casa também fui questionado por isso). E, assim, depois daquele dia nada foi como antes. Quando chegou o fim do semestre, ele mudou de turno e nunca mais nos vimos.

7 DE FEVEREIRO DE 2023

(6H21)

    Sonhei com palavras que cortam. Os freios do veículo (que ainda não existe) não funcionavam. Não morri, porque fechei os olhos e acordei aqui.
    Não foi a primeira vez que o freio deu defeito. Nem que as palavras chegaram como veneno cortante explodindo meus órgãos. Mas as palavras não ficam só no sonho.
    Diferentemente daquela moto confortável e *high-tech* com defeito nos freios (ela era toda branca, e a gente ficava sentado, bastando pressionar um pouco os pés para acionar o acelerador), as palavras foram ditas aqui, e não no sonho.
    Se sou eu quem atribui força às palavras, basta que eu revogue esse poder?
    Meu olho direito dói.

(8H31)

    Dia de céu azul enuviado. O Cristo está todo coberto, enquanto o Pão de Açúcar azulado se mistura com o céu e a Baía de Guanabara.

(13H12)

    Trabalhando e ouvindo a *playlist* da Ligia. "Latinizando", como ela chamou.
    Só ontem que lembrei que *Janelas Decoloniais* está em exposição numa galeria no litoral norte de São Paulo. Pois, se não celebrei, agora estou celebrando.

É clichê, mas é assim. Cada exposição tem um valor único. E, se deixamos passar, não vivemos. Não seria esse o inferno? Estar vivo sem viver, e pior: morrer sem ter vivido.

Algumas obras de arte partem de conceitos, outras se embrenham no fluxo de emoções. Mas toda ideia que pulsa carrega consigo (e pode provocar) emoção.

Para *Janelas Decoloniais*, parti de algumas questões que, por óbvio, me tocam.

Se toda cultura é imaginada, como afirma Stuart Hall, o que é ser latino-americano? Quais imagens compõem essa identidade no meu imaginário? Até onde estou preso ao estereótipo criado pelo colonizador?

Que, no diálogo com o espectador, esteja ele num lugar ou outro da tensão colonizado-colonizador, possamos imaginar e reimaginar o que é ser latino-americano.

Texto para o catálogo da exposição *Reflexões* em cartaz em A Galeria, Ubatuba, São Paulo.

Este lugar de onde lhe escrevo agora só existe por causa do quadro que inicialmente coloquei ali no cantinho até chegar a hora de furar as paredes.

Por sua vez, ele só existe porque um dia não fiz o que devia e me joguei no desconhecido — um buraco fundo que me trouxe até este outro mundo no qual você e eu podemos nos conhecer.

Olha, você pode não gostar dele quando o vir, nem de mim, mas a verdade é que só pode me dizer isso por causa desse quadro, que, neste mês (ou foi em janeiro?), completou dezenove anos.

Nisete esticava os braços para o alto e dizia com sua voz grave e enérgica andando pela sala chamando todos os alunos: olha aqui, isso é arte! Você já tinha pintado? Olha aqui! Olha! Isso é arte!

Hoje, enquanto colocava a moldura, percebi que nunca tinha dado nome pra ele. É minha única obra sem título.

Pois bem, poderia você aí me dizer qual nome daria? Que seja esse (quem sabe?).

9 DE FEVEREIRO DE 2023

(5H59)

O silêncio como sabedoria. Me lembro do impacto que essa ideia teve em mim quando criança. E, como eu era muito tímido, por razões que não vou pensar agora — será que vale a pena a gente tentar entender tudo? —, ficar em silêncio foi muito conveniente.

É justo dizer que também havia os momentos em que a professora reclamava que eu falava demais na aula. Aliás, era desse jeito que eu me sentia notado pelas professoras, falando demais. Fora isso, costumava ser o aluno invisível, que na reunião de pais não era citado, e, quando meu pai perguntava, a professora respondia: Ah, o Thiago é muito bom aluno!

Mas voltemos ao silêncio. Você é uma pessoa silenciosa ou foi silenciada?

Quando nos mantemos em silêncio, deixamos margem para ainda mais interpretações sobre quem somos. Isso pode ser maravilhoso! Mas, como nenhuma afirmação parece ser absoluta (talvez essa), também pode ser catastrófico ou simplesmente levá-lo a uma vida que não é a sua.

Imagine que, pelo silêncio, você pode ser aceito num grupo que tem aversão a quem você é. Como nem eles expressam abertamente quem são, você acredita na primeira casca. O que é muito comum, vide aqueles cidadãos de bem, simpáticos, que de repente são vistos apoiando candidatos que fazem discursos pela volta da ditadura militar.

Ao mesmo tempo, eles também estão ali enganados achando que você compartilha dos mesmos valores. Portanto, você contribui, mesmo sem querer, para validar quem eles são. Se o seu papel não é de um espião, acho que não vale a pena.

(8H39)

A energia da criança. Toma a vista, a boca, a respiração. Atiça essa vontade de correr e de pular e de saltar e de dançar.

Essa sombra que me acompanha enquanto corro pela beiradinha do mar me diz que é bom estar comigo. A gente se diverte e cuida um do outro. Ela me avisa os perigos no caminho.

— Olhe essa madeira. Será que tem um prego, uma farpa? Desvie, Thiago. Ou pare e confira, desvire, tire dali pra que outra pessoa distraída não se machuque. E esse lixo?

Uma menina bonita bronzeada, biquíni fio-dental (como qualquer boa moça usa no Rio) recolhe os lixos. Outro dia era uma senhora. Ela pegou os lixos que fui recolhendo do mar. Amigos da praia. Foi o que ela me disse.

(8H58)

O Pão de Açúcar está usando um colar, parecido com uma gargantilha.

(9H23)

Leio o Diário Eletrônico da Justiça do Trabalho para fazer um resumo e lembro que pode ser melhor com música.

— Alexa, tocar Chopin.

Antes que ela comece, me pergunto: mas por que Chopin? Será porque aprendi que ouvir Chopin é bonito? Claro que ouvir Chopin é maravilhoso. Mas...

— Alexa, tocar Heitor Villa-Lobos.

Tudo ficou ainda mais bonito. E o caracol nas costas começou a voar, como um patinho, mas voa.

É injusto apenas dizer que Villa-Lobos deixa tudo mais bonito. É grandioso, é visceral. E podem acrescentar mais e mais palavras que eu assino embaixo, mas lembremos: não vão conter tudo que há em ouvir Villa-Lobos.

Toca a alma como o som do mar, como as nuvens em movimento. Ah, e os pássaros como esses que passaram agora pela janela.

Não é que estava me esquecendo de um detalhe? Tire essa roupa, Thiago. Aqui você é você, seja lá o que isso for. Não precisa se esconder. E a sensação térmica tem passado de 50° C.

Não basta lutar, lutar, lutar. Tem de usufruir. Celebrar.

(20H04)

Entre lágrimas e sorrisos, Nisete comeu aipim.

Fitinhas douradas da festa do Natal, fotos de família. Nisete com os três filhos, os netos, a bisneta Maria. Enfermeiros do hospital entram sorrindo e fazendo festa. Nisete me apresenta e alguns dizem que até já assistiram ao documentário (*Olhar Nisete Sampaio*, que produzi e dirigi em 2016).

— Parece que eu estou lá sentada e aí esse aipim vai ser muito bom na minha vida. Essa nossa conversa vai me dar força.

— A senhora não pode perder — disse entusiasmada uma fisioterapeuta convidando a paciente mais popular da ala para o baile de carnaval do hospital.

— Detesto! — respondeu com seu jeito enfático e direto.

— Mas a senhora é tão animada.

Nisete riu alto contando as histórias. E eu a acompanhava às gargalhadas.

10 DE FEVEREIRO DE 2023

(2H12)

O mundo está ruindo. As colunas corroídas, o chão se abrindo. Quando não está? É que às vezes a gente consegue sentir.

Não existe só uma forma de viver, a minha é só a minha. A festa, porém, tem de acontecer. O velório é certo mesmo que ninguém compareça.

— A gente conseguia fazer tanto muito quanto pouco — Clarissa via WhatsApp.

A chuva se impõe aos meus planos. Ela diz que sou bobo em achar que posso fazer o que eu quero na hora que eu quero.

Tantas vezes disse pra criança: você não vai hoje pra praia, não vai passear com seus pais, não vai ver seus amigos. E continua a dizer. Talvez daí a minha dificuldade com ela.

A chuva quase sempre quando presente me diz não. Já me tirou coisas com a enchente — na época eu tinha uns quatro anos e achei divertido ficar preso na cama tomando conta da minha irmã ainda bebê enquanto meus pais tentavam salvar a casa. Também já me deixou na rua depois de um dia de muito trabalho.

Mas eu também já dancei na chuva. E não importa mais o que eu passei todo o dia esperando a hora, o agora é o que importa.

12 DE FEVEREIRO DE 2023

Uma linha apagada.

Às vezes me sinto tão sem sentido que só queria acabar com este existir. Mas tenho medo da altura. E pior, de sobreviver.

13 DE FEVEREIRO DE 2023

(5H09)

Viver é movimento. E não se engane, parar também é movimento.

Seguia por um caminho vigiado sob risco de morte e encontrei um casarão. Vários cachorros, até que uma senhora surgiu desconfiada.

Será que era lá que devíamos entrar e descobrir do que precisávamos? Acabamos sendo convidados.

Havia uma grande coleção de arte de diversas linguagens e épocas por todos os cômodos. Diante da nossa admiração, a senhora foi se mostrando orgulhosa e abrindo as portas cada vez mais para que passássemos por todos os cômodos.

Pouco antes disso, havia encontrado meu amigo Hugo.

Conversas oníricas nos são permitidas.

E pensar que ontem peguei nesse quadro imaginando onde colocá-lo no ateliê.

Que nesta semana eu consiga fazer isso. As obras não aguentam mais ficar dentro do armário.

Enfim chegaram os dias de festa da aldeia da minha vida.

Enquanto isso, garimpeiros iniciam a invasão para destruir toda a terra e depositar lixo tóxico.

Predadores existem para roubar, oprimir e matar tudo. Predadores devem ter seus nomes arrancados das ruas e praças, e suas estátuas queimadas.

Celebrar e guerrear e celebrar e guerrear, tudo junto ao mesmo tempo. Esse é o meu movimento agora.

O menosprezo, o desprezo e o desrespeito. Não consigo não sentir ódio e raiva diante desses três cavaleiros do Apocalipse. Lembrando que Apocalipse não é o fim do mundo, mas revelação.

O ódio e a raiva são rios pelos quais precisamos atravessar. Seja para chegar do outro lado, seja para retirar um tesouro das profundezas, seja para ajudar um outro que se afoga. Nesse último caso, cuidado para não se tornar vítima da vítima, como me alertou um dia alguém que me salvou.

Mas atenção: nunca, nunca se banhe nesses dois rios.

Hora do almoço na TV:
PM morto em Padre Miguel.
Assassinato em Realengo.
Começa a vacinação infantil.
720 mil foliões nas ruas.
Lembro uma fala da Nisete no documentário.

"A imprensa alimenta a doideira das pessoas. Vende muito isso, vende... A beleza das flores eles também mostram. Ai, que lindo está florindo. Acaba uma notícia terrível, aí mostra: ah, os jardins estão lindos!"

A reportagem passa pela Portela e seus cem anos. A câmera dá um zoom no rosto de uma menina que samba sorridente. Ela deve ter mais ou menos a mesma idade do garoto que eu vi e não me saiu da memória.

"O carioca nasce com o samba no pé." Anos 1980, eu de frente para a TV, a repórter afirmava com convicção.

Sabendo-me carioca entendi que descobria naquele momento um talento nato. Comecei a sambar (ou o que parecia com o que o garoto fazia na TV).

— Mãe, olha!

Entram os comerciais e voltamos para o sangue.

Morta pelo companheiro.

Em algum momento ainda na infância, entendi, ouvindo aqui e ali, que minha avó foi morta pelo meu avô. Ele não a esfaqueou e enterrou no quintal. Ela foi morrendo com os maus-tratos e a falta de cuidado.

1967, quatro filhos, um bebê ainda no colo, vítima de violência doméstica, constantes isolamentos. Sem saber, estava grávida de gêmeos. Não houve pré-natal. Deixou nome aos recém-nascidos e morreu onze dias depois.

Rio e também posso chorar. Obrigado, Gal, Duda e meu vizinho Macalé.

14 DE FEVEREIRO DE 2023

Hoje, em vez de correr, fui mais cedo pro meu ninho (nome que Nisete deu à minha nova casa). O Bruno me deu uma carona e seguiu pra Maricá.

De bicicleta vim tomar a segunda dose da antitetânica. Pelo caminho, venho cantando a canção que dá título a este diário.

Pois é, me imaginar saindo do buraco em que estão tentando me enterrar já me faz sorrir. É verdade que pode dar tudo errado ou sair tudo diferente do que eu entendo que preciso, mas também é verdade que eu posso até morrer antes da resposta (você acha mesmo isso dramático?) e que não há mais nada da minha parte a fazer.

Se for pra morrer, que eu morra cheio de sonhos e de esperança.

SÃO SEBASTIÃO DO RIO DE JANEIRO, 15 DE FEVEREIRO DE 2023

(5H09)

Não costumo olhar os marcadores de tempo. Mas o corpo sabe os dias e as horas.

Sempre que deito ao ouvir os sussurros da noite, acordo nessa mesma hora.

Aniversário de Maria das Dores Corrêa Dias. Nascida em Natal, Rio Grande do Norte, 1913. Saudade.

Aniversário também da pessoa que me escolheu como padrinho, minha afilhada Maria Eduarda Feitoza Gonçalves. Te amo!

Acabei de pegar o resultado do exame de raios x.

Notícias na tela do metrô: "Após 50 anos peritos internacionais concluem que Pablo Neruda foi envenenado".

A senhora do meu lado parece que está tentando ler o que escrevo.

Na verdade, ela queria saber onde foi que eu fiz o exame. Contou que ficou desempregada, está com 56 anos e enfrenta alguns problemas de saúde para os quais não tem conseguido tratamento. Perguntou também onde eu trabalho, quantos anos eu tenho e qual o meu plano de saúde.

— Pensei em fazer concurso também...

Falou algo sobre estudar.

— Lá é muito bom, mas os aluguéis estão muito caros.

Próxima estação: Catete.

A perícia é amanhã.

Sei que parte da minha saúde está sendo colocada em jogo, tipo naqueles programas de TV horrorosos (me recuso a citar o nome dessa gente boa e caridosa) em que, depois de várias humilhações e obrigações cumpridas, a pessoa pode perder tudo o que acabou de conquistar aos caprichos da "sorte".

A sorte? Sim, a produção, o apresentador, tudo com o aval de uma plateia que quer ver sangue, afinal tem sempre alguém no poder querendo assistir ao outro se borrando de medo e quem sabe se fodendo todinho. E tem sempre uma plateia à espera para gozar com o sofrimento alheio.

24 DE FEVEREIRO DE 2023

Calma, tudo pode acontecer. Só depende agora de você saber... A canção salta para um ritmo dançante, e Laurinho segue parecendo me dar conselhos para agora num disco lançado em 1984.

Não é a primeira vez que nos falamos assim por uma médium chamada arte.

E pensar que ontem foi a primeira vez que botei para tocar esse EP, que comprei em 2020 durante o isolamento social. E que, entre um lado e outro do disco, que só tem essa e a outra faixa, escolhi exatamente esse.

Há alguns dias aconteceu uma sincronicidade tipo essa ouvindo um álbum da Rita Lee. Fazia tempo que queria contar essa experiência pra você, mas eu não conseguia falar...

Acabei escrevendo no status do WhatsApp o trecho que mais me tocou. Olha que nem costumo ficar dando recado (há controvérsias, eu sei), mas era um recado pra vida e pra quem quer cruzar o meu caminho (pro bem ou pro mal ou pra sei lá).

Também escrevi os mesmos versos num quadro que comecei a pintar desde quando recebi a notícia.

Talvez se chame "Setembro". Talvez eu mate alguém antes de terminar. Talvez eu precise implodir algumas vezes pra não explodir. Afinal, eu não sou um personagem de um livro do Dostoiévski e não estou disposto a ir para a Sibéria.

Tenho trabalhado para evitar implosões e explosões. Ou melhor, para que não haja implosões — já que elas vêm me matando, ainda que morrer seja inevitável — e que as explosões aconteçam em espaços seguros, onde a destruição, quem sabe, até vire estrume. Eu preciso disso.

Fiquei catatônico. Durou alguns dias.

Você talvez tenha notado que sumi ou já desistiu de me ler faz tempo, e estou aqui falando comigo mesmo. Não que isso seja de todo ruim.

Gosto da minha companhia. Sou o melhor amigo que posso ser pra mim. Acho que já disse isso. Sei que pode soar pretensioso, mas não vou me defender.

Eu não conseguia falar, muito menos escrever. Se bem que escrevi uma carta. E sabe que em parte foi por ela que comecei a entender o que é importante pra mim nessa coisa toda.

Teve também a música da Rita Lee.

"mas enquanto estou viva, cheia de graça..."

Diferentemente de 2018, hoje a vida me importa.

"talvez ainda faça um monte de gente feliz"

Por que, afinal, as pessoas acham que relações de trabalho envolvem mais do que o trabalho?

É, bem lembrado, resquícios da escravidão na nossa cultura...

Mas a opressão faz parte de tudo o que conheço, não só aqui.

Verdade, eu não sei tudo. E pode partir daí a esperança.

Como não sei tudo, penso que é bem possível existir alguma coisa melhor do que até onde alcança a minha imaginação.

"Tudo isso passa."

Ontem vi "A Baleia". Não vou tentar fazer aqui uma crítica do filme. Mas quero dizer duas coisas.

Primeiro, assista. Segundo, o pensamento sobre escrever com honestidade.

em fluxo

No princípio era escuro, mas havia o som — um portal sonoro, a saída da caverna.

Aquele ruído, que pode ser irritante para muitos, seja para os que viveram a mesma época ou para os que não fazem ideia do que se trata, em mim desperta a memória afetiva da sensação de um mundo novo se abrindo.

Assim entramos em fluxo.

Pelo caminho, a presença inevitável do tempo, o tempo que age sobre o corpo.

O tempo do corpo corre. O corpo é mutante.

E o desejo? Esse que nos instiga a movimentar, a seguir adiante, ele se acaba?

Enquanto há vida, há desejo.

No leito de morte, desejamos ser bem recebidos no além, desejamos que quem fica, fique bem, desejamos voltar à vida, fazemos planos, ou desejamos simplesmente não mais existir.

O desejo dura enquanto existimos. É o que impulsiona o movimento da própria vida.

Mas o corpo que deseja tem validade para ser desejado? E a forma, ela tem um padrão?

Rubens Caribé, artista que construiu uma prolífica trajetória pela TV, cinema, teatro, *streaming*, também deixou sua imagem eternizada nas capas de revista, como no famoso ensaio nu que realizou para a *G Magazine*, em 2000.

Lembrado pela mídia como galã das telenovelas dos anos 1990 — período em que passei a maior parte da infância em frente à TV —, surge em retratos — seu corpo em diferentes tempos. O muso.

Também o ouvimos. Em uma mensagem de áudio enviada pelo WhatsApp, ele fala das sensações ao se comunicar com a plateia, à distância, após uma leitura dramatizada que havia feito de um texto de Guimarães Rosa.

Lembrar que, ao atravessar aquele portal sonoro, o corpo passa a conhecer a exibição, a excitação e a comunicação com outros corpos: não só quem está à distância de um toque, mas também em um lugar muito, muito distante.

Não à toa todas as imagens e os sons usados para compor a videoarte *em fluxo* foram recebidos ou compartilhados pela internet.

Dos questionamentos sobre padrões estéticos, etarismo e limites do corpo — que pululavam na minha cabeça desde uma exposição onde apresentei em São Paulo (2022) obras que falam sobre o corpo e o desejo —, uma conversa, à distância, com o artista Mateus Capelo trouxe imagens e depois a música, essenciais para essa videoarte.

Encontrar um outro pelo caminho. A comunicação, raras vezes possível, aconteceu naquele instante.

Eu sabia que procurava, mas não sabia onde, nem bem como era. Até que estava lá, na minha frente, de um lugar distante, na tela.

Mutante
Desejo
em fluxo

Rio de Janeiro, 24 de fevereiro de 2023
Thiago Prado

25 DE FEVEREIRO DE 2023

Nunca tratei de mim com tanto carinho. Não tô aqui pra ser pisado, não.

Não,
se estiver, eu vou falar;
e de verdade acho que algum incômodo pode ser bom:
a gente é que decide o que fazer e se quer mais daquele incômodo.
Todo contato traz incômodo e a falta dele mata a gente.
Você me traz coisas boas!

Para Ligia, via WhatsApp.

A arte é apropriada e julgada por gente que não quer saber nada de arte, senão para se intitular superior e justificar seus privilégios, seu roubo e as vidas sobre as quais faz desgraça.

Como surgem os seus pensamentos?
Eu amo ser despertado, cutucado, desafiado. Claro, amo passar tempos pensando em desafios que faço a mim mesmo.
Mas, como nuvens são feitas de água, pensamentos são feitos de observações, de experiências e de vontade, encontros, desencontros e desejos...

Eu não estaria pensando sobre isso nesse momento se não fosse uma conversa com o Ramão. Ele disse que não gosta de pompa. Pedi um exemplo, e ele respondeu assim:

— Theatro Municipal. Prefiro a Sala Cecília Meireles.

E continuou:

— Música é cheiro de terra, cheiro de mato, cheiro de mar, cheiro do café da vovó. É céu estrelado, é garoa, é tempestade. É carinho, é raiva. É amor, é ódio. É tristeza. É alegria. Não tem nada a ver com laquê e joias ou paredes ornamentadas com fios de ouro.

E, de um pensamento ao outro, me atravessa o que ouvi há algum tempo.

Parece que eu faço uma justificativa para um edital. Foi o que me disse outro amigo. Pois, para fazer uma coisa — compartilhar com você o que acabei de receber no WhatsApp e achei bonito —, precisei antes de cinco parágrafos.

Pensei em tentar mudar esse meu jeito, essas introduções e explicações (como faço exatamente agora, mais uma vez). Sei que isso compromete a comunicação quando ela pretende ser clara e objetiva. Ainda mais quando estamos cansados (acho que já falei sobre isso com você, de outra forma).

Aliás, tento não dizer o que não precisa ser dito. Não é de hoje que tento.

Mais atrás eu nem dizia nada pra garantir, mas, de tanto tentar garantir não dizer nenhuma besteira, fui deixando de dizer o que precisava dizer. E eu precisava muito dizer. Desculpe (mas nem tanto).

Nunca errei tanto. Nunca chorei tanto.
Nunca amei tanto tanta gente.
Nem dancei, nem cantei, nem gozei.
Tanto.
Também nunca ri tanto sozinho ao longo do dia.
Todos os dias continuo pensando na morte.
Nunca vivi tanto.
Nem lutei tanto por mim.

Gosto de ser carinhoso, de sentir que estou sendo honesto, de rir quando quero rir e de abraçar quem quero abraçar lugares e pessoas onde e com quem essas coisas não podem acontecer me repelem.

Faço de tudo para estar perto de quem eu gosto.

Claro, tenho consciência de que há muitos limites para a realização disso — mas é o meu caminho.

A autonomia é um dom precioso na vida e, enquanto eu puder usufruí-la, não aceito que alguém tente lhe colocar as mãos.

Nem sempre é necessário entender o outro.

Às vezes, mesmo entre quem se ama, isso é impossível.

Mas, se houver respeito, mesmo onde não há amor, a coisa acontece.

"Tudo são pretextos."

De um livro do Machado de Assis que eu nunca li, por um áudio de Clarissa Sanches Croisfelt.

— Ai, gente, que pessoa pedante, né? Qual a utilidade de lembrar Machado de Assis nesse momento? — Clarissa criticando Clarissa.

— Pretextos pra falar mais ainda essa prosa sem graça e contorcida, mas o que eu queria falar é que eu lembrei que...

28 DE FEVEREIRO DE 2023

Nada resolvido. Tudo em trânsito. Acontecendo. Até que chegue ao fim, a vida está acontecendo.

As nuvens pela janela parecem mover-se aqui dentro.

Por mais arte que eu produza, nada será tanto quanto o que está lá fora, ou dentro da caverna, debaixo do solo, no espaço sideral, bem no fundo da gente.

Aliás, você tem uma obra para entregar e até agora não trabalhou em nada, Thiago! A exposição é em março (ou será abril?). Março começa amanhã.

Tem de furar as paredes para colocar essas obras que estão separadas e encostadas há semanas.

Começar os eventos no ateliê. Chamar os amigos, tentar descobrir compradores...

Publicar a videoarte *em fluxo* cujo texto você finalmente escreveu...

Atualizar seu site.

Dar conta das duas exposições que estão em andamento e você nem divulgou.

E tem mais aquele contato promissor que pode não dar em nada, mas também pode ser uma porta.

Fazer arte é trabalho. E esse é o meu trabalho.

Pronto, de diário virei uma agenda.

1º DE MARÇO DE 2023

Aniversário da cidade de São Sebastião do Rio de Janeiro. O Rio, meu Riozinho.

Um transatlântico atravessa a baía de Guanabara. Neste exato momento cruza duas ilhas fortificadas (assim me parecem). Passou.

Ouço pela primeira vez um disco que comprei há dez anos. Mais. Quinze talvez. Não me lembro se foi aqui ou quando estava em São Paulo. Terá sido num sebo na São João? Gostava de frequentar aqueles sebos na hora do almoço. Ficava flanando, perambulando. Gosto desse som: perambulando. Diga alto ou balbucie: perambulando. Experimenta.

Ah, o disco. É verdade. Quase ia passar sem dizer. Só me lembro de quando o escolhi. Um presente para mim. Lembra quando falei da importância de saber se dar presentes? Acho bem provável que tenha comprado aqui no Rio mesmo, bem antes de ir morar em São Paulo.

Hoje, enquanto voltava, ouvi na rádio MEC que está chegando o aniversário do Villa-Lobos. Ainda bem que já tinha trazido ele pra cá.

Na mesma hora pensei que quando chegasse iria botar o disco pra tocar. Então passei pela porta e realizei a minha rotina. Tira o calçado, tira a roupa, pega água. Comecei a comer semente de abóbora, o que, pra minha surpresa, faço com prazer. Tirei o computador da caixa preta que deixo embaixo da mesa e liguei. Pronto. Hora do trabalho.

O pianista Miguel Proença toca o maestro Heitor Villa-Lobos.

TV ligada no *self-service*. Chamada da novela *O Rei do Gado*. Guilherme Fontes realmente está no elenco. Maria Fernanda tinha razão quando afirmou isso na praia enquanto guardávamos as coisas dele, que mergulhava. Contei pra ele que minha mãe gostava do trabalho dele e eu também, inclusive *Chatô*; ele sorriu diferente.

Stalker preso.
Arremessada do ônibus
Mulher que caiu do Metrô na Superfície está internada em estado grave

---

"*Move Over*", assim como "*Saúde*", está arranhada.

2 DE MARÇO DE 2023

Por que deixei essa data anotada, mas em branco? O que houve nesse dia? Não consigo lembrar.

Acho que sei. Minha mãe me ligou triste e contou.

Eu pretendia escrever sobre a tragédia que passou na TV e que descobri ter acontecido com uma pessoa conhecida, afilhada da minha tia. Mas não encontrei maneira de falar sem que me parecesse desrespeitosa com a história das pessoas.

Uma tragédia. Dessas por que a TV se interessa e que conta pra todo mundo antes mesmo que os parentes mais próximos saibam.

Também achei desrespeitoso passar adiante sem dizer seu nome. Juliane.

Silêncio.

3 DE MARÇO DE 2023

(4H38)

    Não sei se consigo viver num mundo de tanta mentira. Não é por virtude da minha parte, não. É por fraqueza mesmo.

Tudo
são memórias,
ontem, hoje e amanhã.
Que ninguém lhe roube nem um segundo
e que você não se curve nem por uns rublos.
Ninguém vai no caixão por mim,
senão este corpo,
que num instante sou eu,
até ser apenas mais um defunto.
Não me arranquem assim as vísceras
antes que eu esteja
reconhecidamente
morto.

5 DE MARÇO DE 2023

*Preciso escrever
antes que todas as palavras
me deixem só.*

6 DE MARÇO DE 2023

Primeira vez que "Saúde" toca sem o disco engasgar. Será um sinal?

O Bruno está instalando os quadros na parede, e eu boto mais um disco da Rita Lee.

Enquanto troca a broca da furadeira, ele fica animado, começa a dançar na poltrona.

Lembra-se de quando ouvia esse mesmo álbum no seu quarto, faz as contas sobre o tempo, se pergunta o que estava fazendo na época... E, finalmente, me dou conta de onde vem o refrão que o escuto cantar ao longo de todos esses anos (quase metade da minha vida).

"Quanto mais tem, mais quer, quanto mais tem, mais quer."

Às vezes me pergunto se estou preparando uma casa para um mundo que acabou. Mas é bom ter um teto para descansar enquanto o mundo chega ao fim. Afinal não sou um deus, nem um herói mitológico para tentar convencê-lo do contrário.

O Bruno empolgado ouvindo discos que ele não tocava há mais de trinta anos é um presente pra ficar assistindo.

Setembro era o nome provisório que eu havia atribuído ao quadro que estava pintando — fazia referência ao Setembro Amarelo.

Enquanto estava tomando chá de cadeira e aguardava a perícia, passavam na TV alguns vídeos sobre a campanha do Setembro Amarelo — que recebeu esse nome em homenagem a um rapaz norte-americano que tinha um carro amarelo e que se suicidou nesse mês.

Na prática, como tudo de que o capitalismo se apropria, virou uma forma de as organizações agregarem valor de responsabilidade social às suas marcas ao se afirmarem preocupadas com a saúde mental de seus clientes e funcionários, quando, na verdade, não estão nem aí pra isso; afinal o que importa é o dinheiro.

Devem existir exceções — será que estou sendo muito otimista?

E, como estamos falando de marca, não se pode esquecer de que todos viramos marcas há bastante tempo. Logo, em setembro surgem muitos hipócritas pelas redes sociais até se propondo a ouvir quem estiver pensando em suicídio. Outros, não satisfeitos com a agenda programática, escrevem mensagens por tempo indefinido no status do WhatsApp sobre empatia...

O empenho em manter uma imagem social positiva é essencial para abusadores.

Não se enganem, e não sou eu quem diz isso: a maioria dos abusadores não se apresenta botando pé na porta e xingando você. Foi o que aprendi ao tentar entender o modus operandi dessa gente.

Mas talvez você se lembre de que eu comecei essa história toda pra falar do quadro que recebeu o título provisório *Setembro*. Pois bem, ontem avancei muito nele. E avancei sobre ele também.

Diante de alguns acontecimentos, entrei num estado (o qual deixo os especialistas nomearem) em que a única coisa que eu podia fazer era atacar.

Peguei uma tesoura, arrastei o quadro e comecei a apunhalar toda a tela. Gritava alguma coisa que não me lembro ao certo (e nem poderia declarar aqui). O chassi foi se desmantelando, e eu quebrando as madeiras. Arranquei parte da tela com os dentes, e o Bruno assistia àquilo em horror.

Assim surgiu a obra:

Título: Setembro amarelo
Técnica mista s/tela
2023

O Bruno me trouxe água. Mas eu precisava passar um tempo só respirando. No escuro da cozinha, por um tempo que não sei dizer. Não falava nada. Existem palavras?

Passados alguns minutos, voltei à cena. Será um crime matar seu próprio quadro?

Como um *serial killer*, documentei com cuidado os restos e publiquei no Instagram para ostentar o assassinato. Caso você queira um *spoiler*, está lá.

Se bem que um *serial killer* precisa ter feito mais que duas vítimas. Por ora, lembro-me apenas de mais uma. *A long time ago*. Daquela vez feri o peito da vítima e taquei fogo. Não documentei. Acho que a câmera digital estava com problema (celular só tinha câmera de baixíssima resolução). No fim, minha mãe acabou por ocultar o cadáver em algum lixão. Naquele tempo morávamos num bairro conhecido na região como ponto de desova.

Hipócritas!
Abutres!
Do meu sangue dou-lhes apenas essa gota,
Nada mais.
Contentem-se com meu defunto
(Se acaso vocês não tiverem sido levados antes).
Mas saibam: assim como qualquer morto, não estarei lá.
Aos que não sucumbiram ao zumbinismo,
Não esperem setembro chegar:

Gozem, lutem, gritem,
Cuidem-se bem.

Ah, mas não se preocupe. Ainda tenho planos para os restos mortais de *setembro amarelo* (nome provisório). A ideia é mantê-lo em um caixão de acrílico para que todos possam velá-lo.

Conto com a sua presença.

8 DE MARÇO DE 2023

Todo mundo precisa ser apoiado por alguém. Sim, gosto de pensar que eu acredito em mim e isso basta.

Por muito tempo, só eu acreditei em mim como artista, até que conheci a Nisete. Por muito tempo só eu acreditei que merecia ser amado, até conhecer o Bruno. Por muito tempo, venho aprendendo a acreditar que existir e lutar pela minha existência vale a pena, mesmo que ninguém acredite. Mas alguma hora é preciso encontrar alguém que também acredite.

Dos vários profissionais pelos quais já passei (só sei que foram mais de dez), ouvi uma vez que somos interdependentes. É claro que já tinha ouvido essa ideia e pensado sobre ela. Mas daquela vez fez tanto sentido diante do contexto que eu estava vivendo que até hoje consigo me ver naquele consultório. Foi o mesmo psiquiatra que me questionou por que eu resistia a me jogar na piscina ou a fazer qualquer atividade física. Hoje eu corro, corro demais...

"Se Deus cantasse, teria a voz de Milton Nascimento" — Elis Regina.

Será que sou insensível por não sentir assim? Ora, ao menos há momentos em que eu, "sensível demais", sou insensível.

9 DE MARÇO DE 2023

"em fluxo convite enquanto visitava Bibliotheca" — não entendi essa anotação.

1/4 de Crime e Castigo na mesa ao lado.

"NÃO SOU OBRIGADO A NADA" escrito na sacola. Seu rosto me lembrou o de Madame Satã.

Aula, que é bom, nada

Alunos do colégio estadual em Deodoro não tiveram aulas em 2023

A escola é o centro educacional professor Joel de Oliveira, onde minha irmã estudou. "Tem até bebedouro", disse meu pai para a Arlete.

R$ 31,60 — 395g

No meu prato: palmito, camarão empanado, folhas, e linguados, bacalhau, batata *sauté* e arroz.

No seu, não me lembro. Mas acredite: ambos pesavam o mesmo.

Agora lendo de novo, noto que esse prato só podia ser o dele. Misturei tudo. Eu não como palmito.

Vigilantes sem saúde

Profissionais de unidades de saúde do Rio denunciam falta de pagamento

Hospital Municipal Ronaldo Gazolla, onde Nelson passou seus últimos dias.

Genuflexório

Ge-nu-fle-xó-rio

Pesquisei os preços, mas ainda não decidi se compro um para compor a instalação.

Mais um dia revirando os quadros que não via há tanto tempo embalados em plástico-bolha, poeira e escuridão.

Alguns sinto que devo continuar pintando, outros expus pelas paredes. Movimentos. Ação.

Uma obra estava assinada, mas sem data, e não faço ideia se comecei a pintar ainda aqui no Rio e continuei em São Paulo ou se comecei lá. Sei que repintei e parei no meio do caminho. Lígia. Foi como se olhasse pra ela, então dei o nome: Lígia. Escrevi no verso enquanto a última tinta secava.

SEM DATA.

(5H04)

Eu disse que o corpo conhece o tempo. Saber ouvir o corpo. Saber se ouvir. Quando durmo na hora que o corpo diz: preciso dormir, já sei que horas aponta o relógio quando acordo.

As conversas eram gravadas em disco de vinil. Esse era o segredo.

Ela me entregou todos, exceto o gravado na última noite, quando estive lá. Nada me respondeu sobre isso. Riu, deu as costas e entrou em casa.

O advogado saía sorridente, muito alto, meio pimpão (quando essa palavra me vem à cabeça, penso que talvez esteja viajando demais no tempo).

Caminhando pelo jardim até a saída, comecei a entender que aquela mulher tinha muitos cúmplices. Mas você pode me perguntar qual era a intenção ao gravar as conversas e depois entregá-las às vítimas em discos de vinil.

Observe que há muitos pontos soltos aí.

Saindo da casa dela, passei pela piscina e encontrei meu robô que faz a limpeza. Foi sabotagem. Coloquei a cara debaixo da água, e ele estava lá parado, no fundo, cheio de areia. Alguns estojos boiavam próximos da borda; consegui pegar dois.

Ele estava do meu lado, mas não falava comigo. Tentava encontrar alguma forma de chamar sua atenção. Comentar sobre o robô preso no fundo da piscina, os estojos boiando... mas ele não olhava para o lado. Em vão, procurei os discos para tentar encontrar na contracapa o nome dele — o que será que ele teria dito em segredo? Será que falou sobre mim?

Mas aquilo da mulher que seduzia os homens até que confessassem seus segredos e os gravava em discos de vinil era obviamente um sonho, e, por mais que eu me esforçasse, os discos já haviam desaparecido da minha mão.

Quando ele se levantou, notei que estava nu, assim como eu. Isso me deixou mais confortável, já que todos em volta usavam roupas. Eu não estou só.

Seguir em frente. Deixar tanto o que você ama, quanto o que você sonhou e viveu. Parte. Partida. Acreditar que a estrada não acabou e que existem flores, talvez a flor. A rosa? Não sei se você pode entender aqui. Achei confusa a anotação, mas não quero mais esconder o quanto estou perdido.

Homem morre ao cair do BRT
Segundo a MOBI-Rio, ele foi empurrado do ônibus no Recreio
Me lembrei de um trecho do livro do Mateus. Era algo sobre matar e morrer por qualquer coisa.
Empreendedorismo para mulheres
Projeto vai oferecer cursos de capacitação para mulheres, na Penha
Na imagem, todas sorrindo: Janja, Anielle Franco e Renata Souza.
Estandarte de ouro
Destaques do Carnaval 2023 receberam o prêmio em festa, ontem

Nada está concluído, até que a gente morra, então é preciso aceitar o que foi. Mas, depois que a gente morre, só é preciso aceitar alguma coisa quem ficou vivo, dizem.

Não lembro desde quando, faz tempo que é assim, mas não acredito em "quem não deve não teme".

11 DE MARÇO DE 2023

Ao longo da tarde de ontem, fui piorando. Demorei a notar a gravidade, até que comecei a sentir calafrios e já não conseguia mais levantar da cama. Liguei para o Bruno e pedi ajuda para ir ao Copa D'Or.

— Alexa, tocar DaVous.

No WhatsApp, segui falando com a Liginha.

É impressionante como tudo pode mudar em tão pouco tempo.

Percebi que ia desmaiar a qualquer momento. Não que eu desmaie toda hora, mas já tenho experiência com desmaios pela infância e adolescência.

Me lembro da minha amiga Almerinda; eu, 11 anos, e ela por volta dos 70. Estávamos fazendo a pregação de porta em porta. Fui caindo, caindo, ela me estendeu suas delicadas mãos de pele lisa e retinta. Obrigado, irmã Almerinda!

Me lembro também do Huguinho, mais uma vez no serviço de campo, mais uma vez errei nos cálculos e só pedi ajuda quando estava mal demais.

— Você pode se apoiar no meu ombro. Não precisa ter vergonha de acharem isso ou aquilo.

Ali entendi que tinha um amigo. A gente se conhecia há poucos meses, talvez nem isso.

No fim de 2019, foi em meio a uma hemorragia em decorrência de uma perfuração durante uma cirurgia — pra variar, só notei a gravidade depois que o *box* do banheiro parecia cenário de um filme do Tarantino.

Hoje simplesmente me vi no chão enquanto o Bruno tentava me levantar.

Pelo pequeno corte na testa, primeiro devo ter batido a cabeça na pia; depois caí sobre a porta que, por sorte, está quebrada, o que facilitou para que o Bruno conseguisse abrir.

A importância de quem está do nosso lado.

Agradeci mentalmente ao médico quando fomos caminhando, e ele me deixou no último corredor que estava vazio.

Antes eu me sentia mal por me sentir bem sozinho, e acabava multiplicando o mal, porque a consequência óbvia era me sentir pior ainda ao escolher algo contra mim mesmo. Tá dando pra entender?

Cansei de tentar me adaptar onde não caibo. O inconformismo é a minha sobrevivência e o meu caminho de viver.

O que não quer dizer que eu não possa me adaptar a muitas coisas. Apenas que existem coisas às quais eu não sou capaz de me adaptar sem morrer.

Sílvia se identificou como técnica de enfermagem e disse que era melhor aproveitar as veias da minha mão para aplicar o soro e o medicamento. Enquanto isso, recebi uma tentativa de contato no Instagram.

Logo pensei que fosse mais algum daqueles *spams*, mas era um rapaz que visitou a exposição de que estou participando no Museu de Sertãozinho, interior de São Paulo. Músico, sensível, falou que anotou os artistas que mais chamaram sua atenção.

Mesmo com o braço imobilizado, publiquei com alegria sobre isso. Por coincidência (você pode chamar de outra coisa se preferir), hoje também completam cinco anos desde a exposição no Conjunto Nacional, em que uma obra minha era suspensa a 7 metros na Avenida Paulista. E um ano desde a minha primeira participação em uma exposição fora do Brasil. Caminhava por Paris como se estivesse em casa. Muito diferente das duas primeiras visitas.

Percebo que confundi o desmaio de um dia com o outro, mas você está mesmo preocupado com isso?

— Se lembra de uma vez que a gente foi pro serviço de campo e você passou mal? — interrompeu minha mãe com essa lembrança enquanto eu tentava enganar a dor cantando "Meu Ego" com Nara Leão e Erasmo Carlos.

— O Sérgio Peçanha que levou a gente pro hospital.

A saída do serviço de campo naquele dia era da casa da irmã Fátima e do irmão Domiciano. Naquele dia eu insisti com minha mãe que fôssemos para a pregação. Acabamos parando no Albert Schweitzer.

— Senta ele aqui. Agora abaixa a cabeça e faz força pra levantar... Traz café... Toma água com açúcar.

Tinha eu dez anos? Onze? Não me lembro.

— Foi a Sebastiana — disse tia Rosemary, deixando mais uma pérola para ser lembrada. O contexto? Era um peido num carro superlotado. Todos riam muito, menos a Sebastiana. Subúrbio do Rio, um carro velho, 1990.

12 DE MARÇO DE 2023

    Aniversário da minha mãe. O que dizer da própria mãe sem começar um livro? Falar das lamúrias, dos traumas? Tecer comentários elogiosos de alta estima e admiração? Dedicar amor eterno e reverência? É a minha mãe, e você pode imaginar que ela é uma pessoa com conflitos, como é de se esperar de uma pessoa. Minha mãe que eu amo e que me ama, apesar de tantas coisas, como só o amor pode ser apesar de.

13 DE MARÇO DE 2023

Outro dia falei com a Liginha que eu estava me arrastando. É um fazer as coisas sem acreditar que serei acreditado, que serei respeitado, que serei ouvido, que serei atendido. Não necessariamente todas as coisas.

Às vezes acontece de a pessoa te ouvir, mas não entender. Às vezes ela até parece entender, mas não respeita. E, quando respeita, nada pode fazer.

Os lugares de poder estão reservados em sua maioria para os que não ouvem.

Imagina se alguém num cargo de chefia numa empresa passa a ouvir os funcionários de chão de fábrica?

Os que talvez tenham a capacidade de entender (não necessariamente dispostos a respeitar) costumam ficar mais acima na hierarquia. Logo, você não tem acesso a eles.

E, se acaso você insiste em falar, é visto como inoportuno, insolente, abusado, arrogante... Desde quando subalternos sabem falar?

A maioria não sabe mesmo. Somos educados para não saber. Faz parte daquele projeto que o Darcy Ribeiro disse. E quem o ouviu, senão os que nada ou muito pouco podem fazer?

O problema não é você ser impotente, é que a sua impotência faz parte do projeto.

Psicólogos, assistentes sociais, qual o peso desses profissionais nas grandes empresas? Nas pequenas e médias, eles nem costumam existir, não é mesmo?

De fachada, colocam essas pessoas ali dentro para fazer parecer que há respeito à dignidade da pessoa humana e, perversamente, para que atuem exatamente contrários à aplicação na prática da dignidade da pessoa humana. Hipócritas! E isso vale tanto para empresas privadas como para órgãos públicos.

Mas como comecei esse assunto? Ah, sim. Estava falando sobre como me sinto me arrastando.

Liginha me contrariou, disse que eu havia conseguido correr naquele dia. Quem corre 8 km está se arrastando? Pois não é que ela está certa? Ora, eu tenho muita força. Se dentro de mim sinto-me arrastando, por fora estou correndo.

Mas de onde encontrei forças para correr senão da minha vontade mais ancestral de sobreviver?

Uma coisa que deu errado na minha experiência toda é que eu acabei entrando num fluxo por onde cheguei a esse lugar em que viver se tornou possível.

O ônibus que levava duas horas para chegar ao trabalho, a falta de lazer e de acesso à saúde, educação, cultura, a formação religiosa que recebi, todas essas paredes foram caindo pelo caminho. E eu, que era para estar preso lá, acabei correndo de sunga pela Avenida Atlântica.

Não se enganem, como eu e muito mais do que eu, tem muita gente pelos subúrbios, periferias, favelas. Para nos dividir, eles vão dando pra gente vários nomes.

A imagem que me veio à cabeça e me fez vir aqui falar com você foi da Leeloo, do filme *O Quinto Elemento*.

Ao acordar fechada numa cápsula em um laboratório, mas com a consciência de que tinha uma missão a cumprir, ela quebra os vidros e corre seminua por corredores desconhecidos até chegar à beira de um arranha-céu. A polícia a cerca. De um lado, os guardas que a alcançaram pelos corredores, do outro, policiais em carros voadores — o ano é 2263 (conferi no Google). À sua frente uma forte luz; eles tentam identificá-la, mas seu rosto não está cadastrado.

Sua expressão é de medo, angústia, mas a única coisa que importa para eles é se o sistema a reconhece. Ela olha para baixo, abre os braços e pula.

Como se trata de um filme de ação, aventura e ficção científica, e estamos falando da personagem que dá título ao filme, ela despenca até cair num táxi (voador, claro) onde encontra o herói que vai ouvir seu pedido de ajuda mesmo sem entender quase nada do que ela diz. *Big, big, bada boom.*

Faz tempo que perguntei pra minha mãe se tinha uma câmera atrás da torneira da pia da cozinha gravando tudo igual à novela. Estávamos assistindo à reprise de *A Rainha da Sucata* no *Vale A Pena Ver de Novo*. Isso, claro, muito antes de *O Show de Truman* e dos *reality shows*.

— Você é de onde? Você é do Rio mesmo? — é comum eu ouvir isso.

15 DE MARÇO DE 2023

Do travesseiro,
observo as ondas brincando
de subir as pedras.

16 DE MARÇO DE 2023

Millenials are hitting middle age — and it doesn't look like what we were promised — chamada do *NY Times* no Instagram, compartilhada no *story* de @nararosetto.

Não havia pensado, mas será que há alguma relação?

Será que no fim todo o sofrimento é uma invenção? Eu sei que estou confuso. Tenho passado assim desde quando...

Escrevi para Nara:

Até pouco mais de um mês, sentia que estava superando tanta coisa (mesmo triste com umas tantas),

mas agora me sinto jogado num precipício

e lutar pela saúde (não mais gozar) voltou a ser a ordem do dia.

— Eu entendo — ela respondeu.

— Eu acredito. Sua arte me disse. — Conheci o trabalho dela faz pouco tempo numa exposição na Galeria do Lago, no Museu da República.

19 DE MARÇO DE 2023

Nesses últimos dois dias, tenho conseguido entender que foi um grande erro começar a falar, tentar me comunicar com o mundo.

Preciso rever toda essa tentativa de conexão.

Sei que já não adianta mais, mas me parece que a única coisa que poderia dizer é: desculpe.

Talvez mais tarde ainda hoje eu me iluda de novo e ache que é possível, aceitável, necessário, desejável me comunicar.

Peço desculpa por isso também.

E desculpe por pedir desculpa e fazer tudo de novo.

Sei que tudo isso é muito desagradável.

Foi um grande erro tentar essa conexão.

20 DE MARÇO DE 2023

Não reconheço mais essa pessoa que canta na praia uma canção de amor. No cartaz dizia que a peça era *Crime e Castigo* e tinha músicas de David Bowie, mas ele saiu do teatro cantando essa canção meio brega e acabou passando dias cantarolando ao ponto de se gravar e postar no Instagram.

Sobre quem pensava? Para quem cantava? Por certo, assim como ele, essa outra pessoa também não existia.

O que somos, enquanto iludidos, não existe. É apenas parte da farsa. Iludidos pelo amor, iludidos pelos desejos. Ilusão é uma vontade de viver o que não existe.

Chegou a hora da desilusão.

Memórias
Eu não sei escrever
Mas escrevo
E não importa o quanto eu estude sobre isso
É a nossa relação deveras conflituosa, mas de amor,
(as palavras e eu)
Eu também não sei dançar
Mas essa noite vou sair pra dançar
(e como eu amo dançar!)
Eu não sei dizer o que eu penso,
menos ainda o que sinto
Mas sinto e penso e faço imagens a partir disso e por isso
Eu não sei se você me entende
(e nunca sei ao certo)
Mas tô aqui me expondo

Eu não sei cantar
Mas canto
E isso me faz bem
(talvez não tanto quanto aos seus ouvidos,
me desculpe,
mas eu preciso cantar
antes que a vida acabe)
Eu não sei viver
Mas tô vivo
(agora)

São Sebastião do Rio de Janeiro, 23 de julho de 2022
Thiago Prado

20 DE MARÇO DE 2023

Para Marina Crilanovichs

Oi, Marina!

Estou enviando esta mensagem pra você por escrito na esperança de que lhe ajude a lembrar este momento.

Lembrar o amor da sua mãe e do seu pai. E como é bom sentir isso.

Lembrar que você é inteligente, forte, cheia de saúde e que desperta muito amor por onde passa. Mesmo quando algumas pessoas não conseguem perceber isso.

Eu sou apenas uma de tantas pessoas que te amam. E, como todos os outros, desejo que você seja feliz.

Mas o que é ser feliz? Você sabe?

Tem muitas respostas que cabem a essa pergunta. E elas podem mudar e mudar e mudar. Seja feliz, isso é o que importa.

Há muitas pistas por aí do que não é ser feliz, mas, pra saber o que é ser feliz, ajuda olhar pro céu e observar como ele muda o tempo todo.

Também tocar as árvores e sentir como nenhuma folha é igual a outra.

Tudo isso pode ajudá-la a entender o que é ser feliz.

E reconhecer toda vez que precisar mudar o que é ser feliz pra você.

Te amo!

Tio Thiago

23 DE MARÇO DE 2023

Eu estrago tudo. Sou mais tolerável que admirável.

As pessoas se acostumam com qualquer coisa, inclusive comigo, às vezes. Mas, sempre que podem, elas vão embora. Infelizmente algumas não podem.

Confesso, muitas eu prefiro que se vão.

Torno algumas eleitas, me dedico a ouvi-las e a me abrir. Elas se vão.

Preciso ser menos, muito menos. Daí, algumas ficam um pouco mais.

Estou sempre errado. Quanto mais certo.

Tem sido mais raro me sentir certo, mas isso não muda o fato de eu ser um dramático desprezível e intolerável.

24 DE MARÇO DE 2023

O fim
(...) tudo chega ao fim, né?
obrigado por me fazer lembrar
e trazer
poesia e magia
no fim que sempre me assustou

28 DE MARÇO DE 2023

Diagnóstico — conhecer para agir.

Lembro quando descobri que existiam dicionários etimológicos. Desde quando comprei o meu, acho que não o abri uma única vez, senão para folhear. Vive agora no ateliê servindo de peso para outros livros fundamentais.

2 DE ABRIL DE 2023

Liginha me perguntou:
— Como se sente no seu primeiro Dia da Conscientização depois do diagnóstico?

Ao que respondi:
— Tantas palavrinhas pra buscar e conectar. Sinto alívio. Não estou louco, não sou fresco, não sou fraco. Percebo ainda mais a minha sensibilidade e estou aprendendo de novo a lidar com ela. Sei que algumas pessoas irão embora e eu agradeço por isso e sei que outras talvez cheguem. Em especial você chegou, e agora o Shai, e isso é muito bom!

7 DE ABRIL DE 2023

    Tento dizer, com meias, inteiras palavras, a importância dele na minha vida? Você está disposto a ouvir?
    Pois é, parece religião, mas é só amor.

8 DE ABRIL DE 2023

Nisete tenta socorrer a menina com a ajuda dos moradores locais.

Já descansados depois do susto, um senhor indica um taxista para fazer a viagem. Quase perco o momento (como de costume), mas consigo dizer, enquanto ela entra no carro, que vou aproveitar para irmos juntos.

Não tenho tanta intimidade — não com aquela Nisete de um tempo anterior ao meu nascimento. Pela roupa e pelos gestos (embora esses não tenham mudado tanto), ela me lembra da Nisete que aparece numas fotografias de 1986, que foram restauradas pelo Bruno e que usei no documentário.

A menina que ia no carro conosco era bem pequena, como era a Bianca (sua neta) na época em que conheci a Nisete. Mas não era a Bia.

Levanto e ouço a chuva forte lá fora. Desde a minha internação ou um pouco antes, não visito a Nisete. Não lembro se contei, mas ela voltou para casa faz um tempo.

E que uma coisa fique certa, amor,
a porta vai estar sempre aberta, amor,
o meu olhar vai dar uma festa, amor,
na hora em que você chegar[1]

O meu amor é seu...[2]

Quem controla a estação de rádio na nossa cabeça?
Narinha, é você?

---

[1] Trecho da música "Espumas ao vento", composta por José Accioly Cavalcante Neto.
[2] Trecho de "Volta de vez pra mim", composta por Delcio Luiz, Marcos de Sousa Nunes, Arlindo Cruz.

9 DE ABRIL DE 2023

    Comecei a ler *A via crucis do corpo*. Fique feliz com o lixo da vizinha.

SÃO SEBASTIÃO DO RIO DE JANEIRO, 12 DE ABRIL DE 2023

Aniversário da minha amada.

Não conseguimos nos falar como queríamos, e esse ano não vou à festa dela.

Ela entendeu. Trocamos novas juras de amor por todas as vidas, como foi até aqui.

Arrumando os materiais no ateliê, descobri que o Thiago que morreu em São Paulo comprou tintas pra eu continuar pintando a poltrona.

Como é bom ser herdeiro!

Pintei de vermelho onde estava escrito: "Não resistir à vida" — a frase do Thiago que me fez estar aqui. O sangue jorra. Mas ainda haverá muitas camadas.

Ligia me lembra de que hoje mais cedo recebi uma mensagem.

Um cachorro brincava com outro até que parou, colocou uma bolinha do meu lado, afastou-se e esperou que eu pegasse e tacasse longe.

A dona já havia se aproximado, mas foi pra mim que ele olhou.

Não era a primeira vez que nos encontrávamos. Cego de um olho, estatura pouco menor que a Liz, *border collie* como ela. Nunca havíamos nos cumprimentado.

Lembrei-me da Liz exatamente na última noite. Passei por onde ela ficava deitada enquanto dormíamos. Senti saudade. Daí esse cachorro que se parece com ela vem e faz isso.

Você pode dizer que nada significa. Eu também.

Mas também posso dizer que há uma sincronicidade.

Eu que nunca fui muito bom com cachorros.

Mês passado, na última corrida do Thiago anterior, perdemos um fone de ouvido que caiu no mar enquanto tentávamos fugir de um cachorro.

Pouco depois foi o celular que começou a dar mensagem de umidade na entrada USB.

14 DE ABRIL DE 2023

A vida nos obriga a morrer.

Ontem, conversando com o Mateus, lembrei-me do medo que eu tinha de escrever. Seria medo de escrever ou medo de errar?

Não que eu me ache agora no direito de errar com todos o tempo todo, mas certamente irei errar com todos em algum momento.

Agora mesmo acabei de errar. Quem está do meu lado sabe.

Nem sempre pedir desculpas será suficiente. Nem sempre fazer diferente será possível. Às vezes eu erro feio, rude, grosseiro.

Mas dá para viver sem errar?

Se eu deixar de viver, vou deixar de errar?

"O salário pago pelo pecado é a morte." Onde isso está escrito na *Bíblia* mesmo? Se você não sabe, saiba que está.

O erro enquanto pecado é uma ideia muito presente.

Desculpa. A culpa?

Se todos vamos morrer, tudo será pago. E mais uma vez: não estou dizendo que o lance é sair fazendo qualquer coisa.

Aceitar que se erra inclui aceitar o erro do outro, que talvez só seja erro para você, naquele momento, pelas mãos daquela pessoa.

Aliás, uma coisa que eu adoro é observar os erros dos outros. Não é para espezinhar não. É que isso torna a pessoa tão real. E me torna mais aceitável para mim mesmo.

Se você erra, por que eu deveria me cobrar ser perfeito? Além do mais, ser perfeito não é possível. E a régua varia de acordo com cada cagador de regra.

Você vê estrelinhas piscando à sua volta? Às vezes acontece. Desde criança. Nunca soube do que se trata. Tal qual os choques internos. Mas encontrei o Hugo, que também sentia isso, e acho que até com mais frequência que eu.

Você está num momento qualquer e de repente sente. Um choque de dentro de você. O ombro se movimenta espontaneamente para cima. Depois você fica como se nada tivesse acontecido. Exceto se alguém notar e achá-lo estranho por isso.

Com o tempo aprendi a disfarçar. Com o Hugo aprendi que podia ser uma coisa legal. Ser estranho. Um pouco, ao menos.

O sul, para um, pode ser o norte para o outro. Vide o litoral do Rio e o de São Paulo.

15 DE ABRIL DE 2023

Só sei ser um pra cada um. Às vezes parecido, nunca igual.

Se mais de um, mudo. Se muitos, desperta em mim um modo genérico, um tanto variado, mas genérico.

Será o genérico a essência do original?

Fico parado, calado, quieto...

Eu sou autista.

Não, não se trata de um erro de digitação.

Eu sou artista. Também sou autista e tantas outras coisas, inclusive contraditórias. Atleta. Amador.

Sei que nem sempre sou direto (quase nunca). E hoje sei um pouco mais o porquê.

Ser direto soa grosseiro. Aprendi isso e antes de falar aprendi a mascarar. Mascarado fui.

Quem já me ouviu sendo direto sabe do que estou falando. Às vezes sai que nem percebo, e depois nem lembro e me desconheço. Não é possível que tenha sido eu. Já havia esquecido que sou assim.

Quando é pra falar sobre o que sinto, me embanano. Que dificuldade! Mas estou dizendo. Tenho me esforçado.

É importante pra mim que você me entenda. Que você saiba. E, se possível, que você sinta como eu gosto de você.

Sim, eu estou falando para quem eu gosto. Não me interessa falar para quem eu não gosto.

Sou exagerado.

E muito sincero.

De uma publicação que fiz no Instagram:

José Matias, meu avô. Paraibano, veio para o Rio de Janeiro em consequência das más administrações que desviaram e concentraram recursos, causando grandes migrações e inchaços urbanos no início do século XX.

Acredito que esse retrato, feito pelo meu tio @_mathias_rust, diga muito sobre os traços mais marcantes da personalidade dele. Introspectivo, do tipo livre pensador, exemplo de calma e paciência.

Não lhe deram o direito de estudar, sequer aprender a ler e a escrever, mas sempre cuidava para que os filhos não ficassem sem ir à escola. Era gentil e muito amoroso, acordava as crianças com pão e manteiga, café, leite e muito carinho em sua fala mansa e cheia de paz.

Falar nele me faz chorar, pois é uma honra vir de alguém tão admirável!

Quando entrei na faculdade (com o apoio de políticas públicas de educação de um outro nordestino que teve de migrar para o Sudeste) e li *Vidas Secas*, do alagoano Graciliano Ramos, pensei muito no meu avô.

Finalmente pude entender que eu sou simbolicamente neto de Fabiano. E muitas coisas à minha volta ganharam novos sentidos, mais potentes, mais profundos.

Identidade.

Desmemoriado.

Mas me lembro dos pagodes dos anos 1990. E foi o que consegui ouvir outro dia em que percebi que toda música de que eu gosto está me irritando.

Sem me exibir, só vim mostrar o que aprendi.

Ouvindo na rádio *Luz do repente*, na voz da Jovelina Pérola Negra.

Jove me faz lembrar da tia Vanda. Não exatamente por parecência, embora haja alguma semelhança. Mas porque tia Vanda gostava muito dela e tinha uns LPs... Também me lembro de que foi então que eu soube que minha mãe gosta de samba.

Fui pesquisar para saber o compositor e apareceram três: Arlindo Cruz, Franco e Marquinhos Pqd.

Uma coisa que me faz sentir falta dos discos é ouvir a música e olhar a letra junto do nome de quem compôs. O Spotify não informa nada disso. Por que será?

18 DE ABRIL DE 2023

Hoje exerci pela primeira vez o meu direito.
Tomei a vacina bivalente contra a covid-19.
Todo mundo já disse isso, mas eu só estaria apagando uma parte pra parecer original se não dissesse que passou pela minha cabeça como pude ter acesso a essa vacina a que o meu amigo não teve.
E, como o Hugo, tantos outros não tiveram. Gente boa, gente má, todo mundo no mesmo barco (ou quase).
Quem vale mais? Quem mede isso?
Já devo ter falado isso também, e você pensando: Que repetitivo. Mas quem disse que você está aí? Isso certamente eu perguntei.
Às vezes você me responde. Sei que outras não faz sentido mesmo responder.
Parece que é constante a gente (no caso, eu) ansiar por respostas, por outra voz e outras vozes. Noutras vezes o que se pede é silêncio (eu de novo e talvez você também).
Tantas preocupações e me esqueci de dizer objetivamente:
Eu sou autista.
Agora voltando ao direito exercido hoje (será esse mesmo o verbo?): toda vez que eu tomar a vacina contra a covid-19, me lembrarei do meu amigo. E, sim, há muitos outros motivos cheios de alegria pra lembrar dele. Até uns aparentemente sem sentido (pra você).
Enfim, a vacina chega com sentido de vida.

Hoje retomei a pintura de uma tela e também da poltrona do ateliê.

Quase sempre prefiro pintar obras diferentes ao mesmo tempo. Enquanto, no meio digital, preciso me concentrar em apenas uma por vez. Particularidades.

Também chorei sozinho, e na companhia, via *podcast*, da Liginha.

Mandei mensagem para algumas pessoas para contar sobre a vacina (que sorte a sua não receber nada disso).

Liginha me atenta para o fato de que meus dois últimos áudios duram cada um, igualmente, 3:51 e foram enviados, respectivamente, às 14:45 e às 15:45. Até tirei um *print* disso.

Concordo com ela: somos dois esquisitos!

Pintando, me lembro de Clarissa. Ela está presente na minha última memória no ateliê em São Paulo — seria 2017 ou 2018? Talvez ela saiba dizer.

Ando desmemoriado não é de hoje...

Clarissa pintou, e seu trabalho é tão bonito (me falta palavra, é verdade).

Sou entusiasta que ela pinte de novo e que você conheça seu trabalho.

Ser cega e pintar é um detalhe que pode intrigar alguns e estimular marqueteiros. Eu digo só pra você ter ideia de que pra pintar é preciso sentir.

Claro que a última afirmação não passa apenas de uma opinião de quem vos escreve.

19 DE ABRIL DE 2023

Ao contrário da previsão, não será em junho, mas em abril que este bebê vai nascer.

Pela primeira vez reescrevi à mão alguns trechos deste diário.

Na parede da Bibliotheca, a galeria em Santa Teresa onde expus *em fluxo*, podem ser lidas pequenas passagens de *Mal Secreto*.

Eu não ia, como tenho recusado ir para muitos lugares. Mas o convite era para escrever qualquer coisa. Sim, ele disse: qualquer coisa. Eu que perguntei mais detalhes, com medo de fazer bobagem.

No Heber reconheci um amor de irmão. Foi assim que senti quando terminou o evento de encerramento da exposição no ano passado. Senti que estava abraçando um irmão. E, diferentemente de como eu agia antes, falei.

Sabia que podia soar tanta coisa, inclusive puxa-saquismo. Mas era sincero demais, um sentimento bonito que não merecia ser escondido. Agora está aqui também. E você aí lendo.

Estou com o livro da Clarice aqui do lado.

É verdade que é muito bom ler.

É verdade que a literatura não foi substituída pelo cinema, nem pela TV, nem pelas mídias sociais.

Mas quem disse que não é um privilégio ouvir as mensagens de áudio dos meus amigos tal qual se pudesse ouvir da Clarice, da Pagu, do Vincent?

E eu não estou falando só pelo afeto não. Ainda que isso seja mais importante do que se costuma confessar no meio intelectual e acadêmico.

Meus amigos são um barato, já dizia Nara. Se não ouviu, procure o disco e vá ouvir — ao menos até a data em que escrevo ainda não está disponível nas plataformas de *streaming*, mas eu tenho o LP e o EP aqui, bora ouvir juntos?

Foi numa dessas que surgiu a voz do Rubens Caribé na videoarte *em fluxo*. Ele não fala aquilo tudo lendo um texto. É intenso, é poético, é reflexivo. E vem direto dele. De uma conversa.

Tem muita riqueza na expressão oral das pessoas.

No meu caso eu sou privilegiado por ouvir meus amigos.

Acabei de ler O *corpo*.

Pouco antes de almoçar, mensagem. Quando vi que era da Adriana, logo pensei: é boa notícia.

Na época, lá antes do fim do mundo, Adriana me ajudou num momento difícil com um daqueles tipos — que nem vale dizer o nome — que vão enrolando os artistas e não pagam pelos trabalhos vendidos.

Sei que só recebi por causa do empenho dela, e, óbvio, da minha insistência. Encontrar gente que nos apoia, ainda por cima sem nos conhecer e sem levar nada em troca, é raridade. Mas vamos para a mais nova boa notícia, né?

Fui convidado para participar de um evento que vai acontecer na Marina da Glória. É um espaço importante, de visibilidade, prestígio e venda (quem sabe?) de obra de arte.

Ninguém me segura.

Chamada em caminhada. Em caminhada. Em fluxo. Pelas ruas do Flamengo caminhando com Amanda ela me chamou a atenção para essa sincronicidade. A presença do movimento como mote para minhas exposições. Em fluxo. Em caminhada.

20 DE ABRIL DE 2023

Há de surgir a promessa de um novo. A renovação. A fênix.

Mensagem para Liginha, via WhatsApp:

[20/4 06:34]: Bom dia, Liginha!
Eu não sei se entendo. Não desconsidero que eu possa mudar e encontrar algo melhor. Agradeço a quem me contraria. Eu gosto disso.

[20/4 06:35]: Essas memórias que eu citei, não as tenho. O Bruno que me relatou. Ele sabe que eu costumo preferir ter contato com os fatos (ou o que se parece com eles) pra que eu decida o que fazer com eles.

[20/4 06:39]: São fatos que estão de acordo com a história dos xxxx xxxx. Não deixo de amá-los por isso. O bem deles é muito importante pra mim. Me lembro também de muitas coisas boas que eles fizeram e agradeço por isso. Nessa balança do que me fizeram de mal faz pesar mais o que me fizeram de bom. Apesar de, eles fizeram e muito.

[20/4 06:42]: As cartas de despedida, não preciso mesmo guardá-las. Em dezembro cheguei a escrever e o que eu fiz foi rasgar e colocar no trabalho que eu ataquei com tesouras. Acredito que, mesmo que não premeditado, foi um ataque simbólico e necessário ao que ameaçava a minha vida.

[20/4 06:43]: Essas que eu encontrei ontem do mesmo jeito, não pretendo guardar.

[20/4 06:45]: São documentos de uma coisa que não vejo sentido guardar.

Pra mim basta saber o que houve.

[20/4 06:48]: Mas saber o que houve costuma ser importante pra mim.

É a minha noção de realidade.

Ainda que eu considere que seja só uma parte e que possa ser reinterpretada por mim mesmo no futuro.

Seja pelo acesso a mais informações sobre os fatos, seja pelas mudanças de valores por que eu passar ao longo do tempo.

[20/4 06:49]: É o que eu levo daqui até ali.

A minha bagagem.

Meu repertório necessário, ainda que sempre limitado e incompleto

[20/4 06:53]: E sempre será limitado e incompleto.

[20/4 06:59]: Ter memórias sempre foi importante na minha vida.

Repito: talvez um dia eu pense diferente.

Gosto de saber de coisas que aconteceram quando eu tinha menos de três anos. É um poder. Minha máquina do tempo.

Tem sido estranho não lembrar várias coisas que aconteceram nos últimos dias.

Esses apagões de memória parecem levar um pouco de quem eu sou.

A amnésia não é algo com que eu tenha muita familiaridade.

[20/4 07:01]: Não saber o que eu fiz ou falei me tira a possibilidade de agradecer, de pedir desculpas, de me defender e de me sentir bem comigo mesmo por ser quem eu sou.

[20/4 07:01]: É como me parece até aqui.

[20/4 07:09]: Agradeço a você por se dispor a me ajudar.

E por me dizer coisas diferentes das que eu estou fazendo.

É muito importante pra mim essa atitude. Trata-se de quem eu quero e mais quero do meu lado. Muito, muito obrigado por isso! ¡*Gracias*!

[20/4 07:10]: Mais um momento em que eu queria te abraçar e sentir o teu abraço.

[20/4 07:10]: Chorei.

De alegria

pelo encontro com você.

*Em respeito às pessoas citadas, o texto foi editado. Mas acredite se puder: estou sendo muito sincero com você aí.

Amanda me perguntou se já li Hilda Hilst e Caio Fernando Abreu. Pela data de hoje, posso supor o motivo da pergunta.

Tenho muita dificuldade para presentear alguém em datas comemorativas. Gosta de vermelho? Será que odeia chocolates? E esse livro?

Gostaria de responder: é claro. Mas a vida não está completa. Sempre há algo mais, o que acho ótimo.

Declarei sem rodeios a minha ignorância. De ambos, só li alguns poucos textos.

Desde o primeiro encontro, os dois são figuras que costumam me despertar muito interesse.

Mas são esfinges, como tantos outros, inclusive os que supostamente conheço.

Como não me lembrava da origem de Hilda (embora parecesse óbvia), fui pesquisar. Havia me esquecido que nascemos no mesmo dia. E acho que antes não havia notado que ela também é Hilda Prado.

Sincronicidades?

A memória é um ponto de vista. Mas é o meu ponto de vista. Por isso mesmo não é absoluto. Ao mesmo tempo que preciso respeitá-la como respeito a mim mesmo. Sem exageros (aqui). Ficou confuso, eu sei.

Lançamento nas plataformas digitais da música "Castanho" de DaVous. A capa do EP é assinada pelo Mateus e eu.

É clichê dizer que a música me inspirou?

Deve ser. Afinal, o que não é clichê senão por falta de uso?

É clichê, mas foi o que aconteceu. "Castanho" me inspirou, me iludiu, me matou e me fez viver.

Não é a primeira vez que DaVous me inspira. Já disse isso aqui. E como venho sendo repetitivo em tantas coisas... Vai lá ouvir. Procura: "Castanho DaVous". Se você der sorte, vai encontrar.

---

iamthiagoprado: Levei mais de 10 minutos, então vou anotar aqui as coisas que eu sinto/vejo em "Castanho", que tanto me inspirou:

Tem coração, tem cinema, tem mar, tem verão, tem romance, tem caminhada na beira da praia, tem o Rio de Janeiro, tem a Califórnia do Jean-Marc Vallée (em *Big Little Lies*), tem bossa nova, tem paixão, tem o Beco das Garrafas, tem sedução de quem seduz e de quem é seduzido — eu já disse que sinto o balanço do mar? Tem avião subindo, tem abertura de novela das nove, tem show no Carnegie Hall, tem gente dançando sorrindo estalando os dedos se olhando com desejo, tem voo, tem "Sympathy for the devil", tem ar e fogo pelas paredes queimando tudo o que precisa virar cinzas...

da.vous: @iamthiagoprado é!! Eu vou transcrever tudo isso. Ouro puro.

Ao correr noto meu reflexo. Decido voltar para passar de novo pelo espelho. O esforço na areia fofa me faz bem. Penso que será minha última foto. Aos 38 anos eu era assim, diz em algum lugar, talvez neste mesmo de agora, o Thiago do futuro.

O mar já não é mais o mesmo, o céu também não. A luz já não realça o dourado na pele. Tampouco eu sou o mesmo.

SÃO SEBASTIÃO DO RIO DE JANEIRO, 21 DE ABRIL DE 1984

Entre os dias de São Sebastião e São Jorge. Oxóssi e Ogum. Assim como em "Pra dias frios", playlist no Spotify.

Na certidão diz que aconteceu em Realengo.

Nasceu mesmo no IASERJ, centro do Rio. Prédio derrubado. Vestígios.

Em uma versão, havia saído de lá com sua mãe e avó de 391. Em outra, foram de táxi até a COHAB, avenida canal, bloco 11, apartamento 101.

Seria Matias como seus primos, mas o destino queria que fosse mais um Silva. Há quem diga que a estrela brilha. Mas ele torce mesmo é para o Flamengo.

Filho de um homem recém-registrado.

Se fosse pela avó, seria o décimo segundo filho. Mas, por insistência da mãe, foi o primeiro.

21 DE ABRIL DE 2023

Saiu do elevador como sempre: sunga, fone de ouvido, chinelo. Eram cinco e meia da manhã, um pouco mais talvez. Correr. Mas, diferentemente de sempre, notou um movimento. Não era cachorro, nem vizinho, nem entregador. Uma borboleta. Logo a outra chegou. Duas.

A feira sendo montada. A feira frequentada por Clarice.

Ouve "Castanho". Oito quilômetros.

O corpo celeste voa irradiante sobre a areia molhada. Expande e diminui e expande, salta. Miragem?

Dança no espelho. Lembra de *Celebridade*. Malu Mader. Sonhos juvenis. Dançava com a irmã "Sympathy for the Devil". Sonhava.

Voltou a sonhar. Vivendo.

Um novo *post* no *feed* do Instagram:

Desde a madrugada, são sentidos diversos sinais. Até que às 13h15 nasce um novo. Das dores, das alegrias e das coisas que ainda hão de receber um nome (quem sabe?). Renovação.

Às 18h. Festa de aniversário. Primeiro chegou a prima. Vinte anos que não se viam.

Conversas, reconhecimento. Mayara lembra tanto quanto ele, ou mais. Apesar de muito pequena na época. Guardou com cuidado as memórias para se lembrar do pai.

Outro dia ele sonhou com o tio. Chegava para uma visita. Em algum momento notava que havia algo errado que parecia certo. O tio havia morrido, mas estava lá para matar a saudade. Se pergunta se contou o sonho para a prima. Acha que não. Agora está certo de que não.

A conversa foi além do passado. Provável que se vejam de novo. Ela joga videogame profissionalmente. Mas quer parar. Simpática e tão bonita. Ele sente carinho pela prima. Apesar das diferenças, há identificação.

Os outros convidados vão chegando. Lamenta pelos que não vieram. De forma consciente começa a se concentrar nos que chegavam.

Consegue receber a todos com sorrisos, abraços e agradecimentos. Seu hiperfoco naquele instante é ser gentil com todos os convidados que ele escolheu. Assim, não come, nem bebe nada, nem vai ao banheiro. Não pode tomar cerveja. Os remédios psiquiátricos não permitem.

Na hora do parabéns, olha para todos: como se expressam, como cantam, como dançam, como se posicionam. Tenta gravar na memória aquele presente que logo seria passado.

No fim, não sabia o que fazer. Achava que tinha de fazer discurso. Mas nem tinha palavra. Bruno avisa que é hora de soprar a vela. Dá graças a Deus de ninguém ter pedido discurso. Sopra a vela devagar, estendendo a duração do instante, como voo de beija-flor.

22 DE ABRIL DE 2023

Aniversário de Josefa Batista da Silva, minha avó materna. Presente de vó.

A mente mente muito pra gente.
A mente
mente
muito
pra gente.
— Liginha

Ouvia e desenhava no caderninho azul.

Terminei um quadro.

Resolvi assinar e escrever logo o nome: *Renovatio*. Em latim mesmo. Melhor do que em inglês, não?

Tenho várias obras com título em inglês, principalmente em arte digital. Algumas foram alcunhadas em espanhol.

A pintura tem idioma? Seria a língua materna do autor impositiva?

Talvez seja como no cinema mudo, no qual Chaplin tanto insistiu até se render em *O Grande Ditador*. Ironia?

Renovação na tela, reaproveitada. O jeito de pintar, parecido mas não igual. Tanto tempo se passou. *Five Years*. No olhar e no artista.

103 x 67 cm, tem duas formas de ver. Prefiro na vertical. Assinei no verso dos dois modos. Na frente, uma assinatura fininha para deixar em aberto.

Desde quando vi essa tela, há uns dez anos, quis pintar por cima. Meus pais compraram naquelas lojas... Não havia assinatura de artista. Tinha função meramente decorativa, dedicada a uma classe média sem acesso e sem interesse além do consumo ou de deixar a casa bonita.

Amarelo. Muito amarelo. Como na música: *no amarelo um sorriso pra iluminar/feito um sol tem o seu lugar/brilha dentro da gente*. Algum violeta. Arco-íris.

Você quer que eu conte essa história?

Eu tenho uma foto.

1989, Jardim Escola Nuvenzinha, a única festa na escola de que participei. Primavera. Do lado da tia Graça.

— Cores de fênix — disse Mateus.

23 DE ABRIL DE 2023

O homem que corre sorrindo corre à beira-mar. O mar beija seus pés. Seus pés agradecem, enviam mensagens de conforto para o corpo.

O mar avança, e o homem corre saltando, sorrindo, mais, mais. Risos sonoros. No fone toca Mutantes, o álbum de 1969.

Van Gogh bronzeado de sunga preta brinca com o cachorro. Ele está armado.

O homem que corre sorrindo está voltando. Aos poucos.

A paixão vai e volta. Até que parta. Estrangeira. Clandestina, como na música do Manu Chao.

O amor fica. Às vezes se esconde. Parece até que nem veio, mas veio. Quando chega, só se vai se assassinado. Apertado, acuado. Resiste, insiste, persiste, brilha, brilhante.

Quando ocorre de se encontrarem, um acode o outro. Um abraça o outro. Se alimentam. Um encontro muito feliz. Se há sintonia entre a paixão e o amor, tudo explode. Explosão que cria mundos.

Universos novos.

Há muitas pessoas e acontecimentos e sentimentos, desejos que não foram citados. Esse é só um retrato. Todo relato é um retrato. Tem foco, desfoque, luz, sombra. Cor ou sem cor? Filtro, filme, revelação, quadro, fora do quadro. E pode ser como no cinema: plano e contraplano.

PRA VOCÊ QUE LEU ATÉ AQUI, PERGUNTO:

AFINAL QUAL É O MAL SECRETO? É AINDA SECRETO?
O QUE É MAL?

TALVEZ SEJA PASSAR PELA VIDA SEM SABER.
SE BEM QUE NÃO DUVIDO QUE METUSALÉM NÃO SOUBESSE
DE UM MONTE DE COISAS.

TALVEZ SEJA NÃO SABER O QUE A GENTE PRECISA SABER.
E O QUE A GENTE PRECISA SABER,
SENÃO O QUE A GENTE PRECISA PARA VIVER?

VIVER NÃO É SOBREVIVER. NO SECRETO SEGREDO
PODE ESTAR O PROBLEMA.

ESCUTE ESTA CANÇÃO OU QUALQUER BOBAGEM.

De volta para o futuro

----- Mensagem encaminhada -----

De: "Thiago Silva Prado" <th_prado@yahoo.com.br>

Para: "atitude@tvebrasil.com.br" <atitude@tvebrasil.com.br>

Cc:

Enviada: seg., 15 de jan. de 2001 às 22:24

Assunto: vcs,eu_e+1pouco

Oi!!!

Eh um prazer tc pra vcs mas, uma pena naum tá podendo acompanhar vcs, lá em casa a TVE num pega já faz tempo.Me disseram q vcs (TVE) taum passando o Rock in Rio, eh verdade? Kuando fikei sabendo logo pensei, deve ser boicote da Globo, eh por isso q a TVE saiu do ar, será?

Bem, o que eu kero mesmo tc eh que gostei da idéia do programa ser informativo, ter um espaço aberto e uma cara jovem. Clipes em programas, várias redes abertas já aderiram mas, informativos, com assuntos variados e sérios, só vcs, mesmo!!! Valeu, hein!!!

Valeu também pela escolha dos apresentadores, o Thiago era bem legal e simpático, assim como a Luiza ele sabe o que falar.

Ainda bem que a Lu (posso te chamar assim?) aguentou as pontas e tá aí linda e inteligente. Valeu Thiago! Valeu Lu!

Naum custa também reclamar, teclando nas mesmas
teclas: o tempo tá curto demais e; pô, eu sei q o
público eh ki escolhe mas, eu naum aguento + ver
Britney Spears, Backtreet Boys e etc.
Já basta o dia teen, o podraum do Rock in Rio!
Esses mauricinhos,
patricinhas e cia, já nos roubaram um dia inteiro do
Rock in Rio! Naum podem roubar o Atitude! Se eles
querem ver a Britney e etc q assistam o já perdido
Interligado da Rede TV. A tv aberta já tá taum
escassa de programas bons!
Eu conheci o diretor d vcs, o Pedro Paulo. Ele teve na
minha escola (E.T.E. Adolpho Bloch) e falou coisas bem
legais q mexeram comigo! Isso e outras coisas me
fizeram movimentar + quanto aos problemas da tv, ser +
crítico ainda... e naum reclamar sozinho mas, tentar
resolver os problemas com o poder e responsabilidade
q tenho como telespectador e estudante de comunicação
(Publicidade e Propaganda).
Espero q vcs se movimentem conforme as possibilidades
q vcs têm!
Também naum posso deixar d falar de algumas, aliás, várias
sugestões de clipes e bandas a rolar aí no programa:
Internacional...

Guns N Roses(November Rain, em especial); Nirvana; Offspring; Red Hot Chilli Peppers; Silverchair; Radiohead; Angra; Plastic Has Memory (URGENTE pelo amor de Deus, esse eu já tentei em tudo quanto eh programa e... nada! Naum deixem d passar!!! Qualquer música vale!); Natalie Imbruglia; Alanis Morissette; Fiona Apple; a música My Girl (aquele clipe do filme Meu Primeiro Amor!); Pink Floyd; Oasis; Alice Cooper; Rolling Stones; Sheryl Crow; REM.

Nacional...

Elis Regina; Djavan; Kid Abelha; Pato Fu; Ira; Titãs; Adriana Calcanhoto; Cássia Eller (em especial,Malandragem); Zélia Duncan; Marisa Monte; Los Hermanos; Nana Caymmi; Roberto Carlos(das antiquíssimas); Legião Urbana; Barão Vermelho; Cazuza.

Valeu di coração
Thiago Prado

Como você deseja

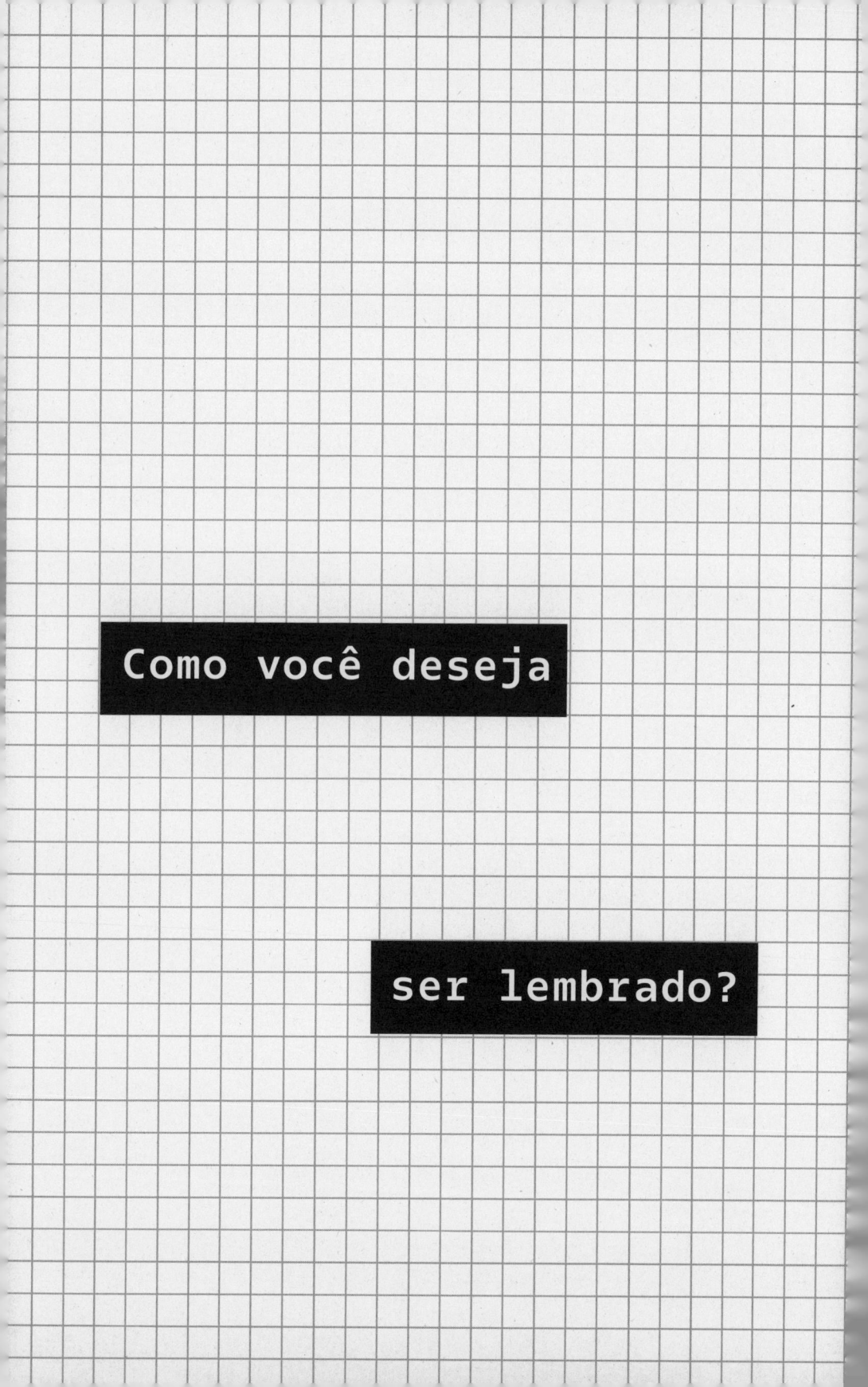

ser lembrado?

Sim. Você pode dizer que não se importa. Mas todos somos lembrados. Vivos ou mortos. Nem que seja pelo cheiro decrépito do apartamento trancado ou pelos boletos que deixamos devendo. Até sermos esquecidos, às vezes logo.

Hoje fui lembrado por ser aquele que Hana. Que percorre ruas, caminhos, que observa cenas, pessoas, sem qualquer outro objetivo, senão Hanar.

Mas reconheço que posso estar mentindo um pouco. Hanar para mim traz sentido de vida.

Aprendi que era possível Hanar com Carlitos quando eu era um garoto.

Ele mesmo, Carlitos, aquele personagem do Charles Chaplin de que com certeza você já ouviu falar, nem que tenha sido numa aula em que a professora passou *Tempos Modernos*.

Ou quem sabe você já viu todos os filmes, inclusive os não mudos.

Não duvido de que você me diga aí nos comentários: eu ainda prefiro o Buster Keaton.

Talvez seja por gostar tanto de Hanar que a chuva me roube um pouco a alegria. Mas você ainda pode dançar na chuva, por que não?

São Sebastião do Rio de Janeiro, 21 de dezembro de 2022

ESTA OBRA FOI COMPOSTA EM CHAPARRAL PRO
12,5 PT E IMPRESSA EM PAPEL OFFWHITE 80 G/M²
PELA GRÁFICA PAYM.